SESENTA Y CINCO HORAS

N.R. WALKER

CRÉDITOS

Artista de portada: Reese Dante
Traductor: Francisco David
Sesenta y Cinco Horas © 2012 N.R. Walker
Editado por A.B. Gayle

TODOS LOS DERECHOS RESERVADOS:

ADVERTENCIA:

Destinado a un público para mayor de 18 años. Este libro contiene material que puede resultar ofensivo para algunos y está destinado a un público adulto. Contiene lenguaje gráfico, contenido sexual explícito y situaciones adultas.

RECONOCIMIENTO DE MARCAS REGISTRADAS

El autor reconoce el estatus de marca registrada y los propietarios de las siguientes marcas mencionadas en esta obra de ficción:

Publicidad Fletcher, y su logotipo de la Flecha, Lurex y Caiusaro son empresas y/o productos ficticios. Cualquier similitud con cualquier empresa, producto o persona, viva o muerta, es pura coincidencia y no es intencionada.

Charlie Brown y Linus: PEANUTS Worldwide LLC
    Bert y Ernie, y Barrio Sésamo: Sesame Workshop
    Star Wars, los sables de luz, Yoda, Han Solo y Chewbacca: Lucasfilm Ltd
    Winnie the Pooh y Tigger: Disney
    El Llanero Solitario, Kimosabe y Toro: Classic Media, Inc.
    Superman, Clark Kent y Lois Lane: DC Comics
    Premio León de Cannes: Festival Internacional de la Creatividad de Cannes por Top Right Group
    Business Review USA: WDM Group

Armani: GIORGIO ARMANI S.p.A., Milán, sucursal suiza

Cornflakes: Compañía Kellogg's

PowerPoint: Microsoft

Tylenol: Compañía Tylenol

El Viento en los Sauces, Mole: Carlton Communications, Plc

YouTube: Google Inc.

DEDICATORIA

A Lisa Parker.
Por estar siempre en mi esquina, estos chicos son para ti.

SINOPSIS

Cameron Fletcher y Lucas Hensley son ejecutivos de publicidad que tienen sesenta y cinco horas para organizar la campaña de sus carreras.

Sesenta y cinco horas para llevarse bien. Sesenta y cinco horas para no matarse el uno al otro. Sesenta y cinco horas para enamorarse.

65 SESENTA Y CINCO HORAS

N.R.
WALKER

ESTOY... TAN JODIDO

ME SENTÉ en mi despacho intentando no mirarlo. Pero lo miré.

Su despacho estaba frente al mío. Las paredes de cristal me servían de distracción diaria, porque, por mi puta vida, no quería mirarle.

Pero lo miraba.

No me gustaba. De hecho, me cabreaba. Era un magnífico y jodidamente arrogante hijo de puta. El hijo del jefe. Rico, inteligente, impecablemente vestido.

Y heterosexual.

Las mujeres de la oficina, no, de todo el edificio, lo adoraban. Realmente era vergonzoso. Se maquillaban antes de que él entrara, aleteaban las pestañas, se reían y coqueteaban sin vergüenza. Y él se limitaba a sonreír con esa jodida sonrisa de suficiencia -esa preciosa sonrisa de infarto- y las dejaba a todas alborotadas a su paso.

Llevaba seis meses aquí y, por lo que yo sabía, nunca había salido con nadie de la oficina. Debía tener esa ética laboral de límites profesionales sobre la que había leído. Eso, o el Jefe-Papá prohibía las relaciones con empleados de la oficina.

Mi asistente personal, Rachel, juraba que era un buen tipo. Era la mejor amiga de Simona, que resultó ser *su* asistente personal. Él sonreía y charlaba con las dos, pero si yo pasaba por delante de ellos, me miraba mal. Actuaba como si no me molestara, les dedicaba una sonrisa a las chicas y las saludaba con un movimiento imaginario de un sombrero que obviamente no llevaba. Y a ellas les encantaba.

No estaba seguro de si eso era lo que le molestaba, o tal vez no le gustaban los tejanos. Tal vez no le gustaba el hecho de que me hubieran contratado en una de las agencias de publicidad más lucrativas de Dallas. Tal vez fue porque me dieron una oficina justo enfrente de él, junto a la de su padre. Tal vez fue porque fui elegido por su querido padre, y se sentía amenazado de que pudiera ser mejor que él en este trabajo.

Tal vez no le gustara porque soy gay.

Pero no creía que fuera eso. Era bastante amigable con Marcus, de Cuentas. Los había visto hablar muchas veces y Marcus era tan malditamente gay que me hacía poner los ojos en blanco. Sin duda, un homófobo asqueado no se acercaría al niño del cartel de la cachemira lila y el brillo de labios.

Desde el primer día que lo conocí, se mostró frío conmigo. Había volado a Chicago para la entrevista de Alto Ejecutivo de Publicidad en la prestigiosa Publicidad Fletcher, Inc. Nos conocimos y charlamos amablemente durante dos minutos antes de que entrara su padre y comenzara la entrevista informal. Sí, fue informal, pero aun así fue una entrevista intensa. Estaba un poco nervioso, pero fui yo: profesional, honesto y directo.

Verás, la cosa es que soy jodidamente bueno en lo que

hago. No tengo pelos en la lengua y no pierdo el tiempo. Así que cuando me preguntaron si tenía alguna pregunta, dije:

—Sólo una.

Los dos hombres me miraron para que continuara.

Así que lo hice.

—No necesito deciros lo bueno que soy en mi trabajo. Tenéis mi cartera y, francamente, dudo que estuviera aquí sentado si no supierais que yo solo puedo aumentar la rentabilidad de vuestras cuentas en al menos un veinticinco por ciento. Diablos, si no alcanzo ese objetivo en el primer año, podéis darme una patada en el culo o despedirme. Pero lo que no está escrito en mi currículo en ningún sitio es que soy gay.

Ambos parpadearon.

—No anuncio mi sexualidad, ni la oculto. Esta es la única vez que espero discutir este asunto con vosotros, así que necesito saber, antes de que perdamos más tiempo, si vosotros, o esta empresa, os sentís de alguna manera incómodos u homofóbicos. Si la respuesta es afirmativa, entonces os agradeceré a ambos la oportunidad, pero estaré de vuelta en Texas a tiempo para la cena.

Y con eso, el jefe sonrió, se puso de pie y me estrechó la mano, mientras el hijo parecía que le acababan de cagar desde una gran altura. Empecé dos semanas después y Cameron Fletcher se mostró indiferente conmigo desde entonces.

No diría que es hostil. Pero tampoco diría agradable.

Un fuerte golpe en la puerta me sacó de mis recuerdos antes de que se abriera. Mi afable y distinguido jefe, vestido de Armani, entró en mi despacho.

—¿Lucas?

—¿Sí, Sr. Fletcher?

—Mi oficina. Diez minutos.

—Claro. —Le sonreí.

Cerró la puerta y miré a Rachel en busca de alguna explicación. Ella se encogió de hombros, y ambos nos volvimos hacia la pared de cristal y vimos cómo el señor Fletcher llamaba a la puerta de su hijo.

—¿Cameron?

Entró y ya no pudimos oír ninguna palabra que dijera, pero observamos la silenciosa conversación entre padre e hijo.

—No parece feliz —dijo Rachel a mi lado.

—¿Quién de los dos? —pregunté.

Ella soltó una risita.

—Cameron.

—¿Alguna vez es feliz?

Me dio un golpecito en el hombro y me sonrió con un mohín retorcido, diciéndome juguetonamente que lo dejara en paz.

El señor Fletcher salió del despacho de Cameron y vimos cómo este se sentaba en su escritorio, se pasaba las manos por el cabello veinte veces y giraba su silla para que no pudiéramos verlo.

Vimos cómo Simona ordenaba rápidamente los archivos y se los entregaba, y luego Rachel dijo:

—¡Ve, Lucas! Es hora. Vamos. No llegues tarde. —Casi me empujó hacia la puerta, justo cuando la puerta de Cameron se abrió justo frente a mí.

Ignorando completamente a Cameron, incliné mi sombrero invisible y sonreí a Simona.

—Señorita Simona.

Ella sonrió, y Cameron puso los ojos en blanco y se alejó delante de mí. Pronto me di cuenta de que también se dirigía al despacho de su padre.

Mierda.

Lo seguí, entrando por las puertas dobles abiertas al final del pasillo. El despacho del señor Fletcher era enorme; abierto, luminoso y contemporáneo, pero con estilo. Había una gran flecha de arquero adornando la pared detrás de su escritorio. El símbolo de la flecha de arquero, el icono de Publicidad Fletcher, al parecer, estaba en el escudo de la familia.

La flecha, esa simple pieza de firma, estaba en todas las malditas cosas; puertas, ventanas, papelería, muebles; televisión, internet, revistas, periódicos. Esa misma flecha era sinónimo de publicidad en todo el país. Representaba la excelencia en esta industria.

Incluso había una junto a mi nombre en mis tarjetas de presentación.

No necesitaban un eslogan, ni mensajes cursis. El símbolo por sí solo decía lo suficiente.

Cuando veías la flecha, pensabas en Publicidad Fletcher. Simple y efectivo.

Genialidad.

—Ah, Lucas —dijo el Sr. Fletcher, el hombre detrás del genio—. Pasa, toma asiento.

Cameron estaba allí, aunque no me miraba. A decir verdad, estaba un poco nervioso en cuanto al significado de esta reunión y por qué éramos sólo nosotros tres. Las reuniones improvisadas y exclusivas con el jefe siempre me ponían tenso, así que hice lo primero que se me ocurrió. Me recosté en mi asiento, crucé un tobillo sobre la rodilla y sonreí como si estuviéramos allí para hablar del partido de fútbol del fin de semana.

Engreído, sí. Arrogante, tal vez.

Vendía publicidad, joder.

Mi trabajo consistía en aparentar que conocía el secreto de su éxito.

Era una actuación. Yo lo sabía, pero el cliente, el tipo al otro lado de la mesa que extendía los cheques, no.

—Supongo que ambos os preguntaréis por qué os he reunido aquí —comenzó el señor Fletcher, aunque no nos dio tiempo a ninguno de los dos para hablar—. Me he enterado por rumores de que cierta empresa de productos de estilo de vida está en la necesidad de una nueva comercialización. He hecho algunas llamadas telefónicas y he conseguido una reunión casual para convencerles de que nos necesitan.

—Lurex —dijo Cameron con confianza—. Leí un artículo con el nuevo director general en Business Review USA. Dijo entonces que le gustaría ampliar horizontes.

El Sr. Fletcher asintió a su hijo y sonrió, un poco orgulloso.

—Sí. Lurex.

Vaya por Dios. La mayor *empresa de productos de estilo de vida*, como dijo el señor Fletcher con tanta delicadeza, era el mayor fabricante de preservativos, lubricantes personales y auxiliares sexuales del país.

Esa cuenta sería... enorme. Un tipo de carrera inmensa.

Podía sentir que mi sonrisa se hacía más grande, y el Sr. Fletcher sonrió cuando me miró. Pero fue Cameron quien habló.

—¿Por qué nos lo dices a los dos?

Ese era un buen punto. Entonces miré a Cameron, aunque todavía no me había mirado. Sus ojos estaban fijos en su padre.

—La reunión es a las 10 de la mañana, el lunes.

Parpadeé. Estaba seguro de que Cameron parpadeó. Luego volví a parpadear.

—¿Cómo dentro de tres días? —dijo mi boca antes de

que mi cerebro pudiera detenerla. Eran las cuatro de la tarde del viernes, joder.

—Sí —dijo el señor Fletcher lentamente, como si yo fuera un discapacitado mental—. En sesenta y cinco horas quiero que Publicidad Fletcher entre en esa reunión con un nuevo diseño de producto, un nuevo mercado objetivo, una nueva campaña.

No me atreví a preguntarle si había perdido la puta cabeza y me conformé con removerme en mi asiento.

El Sr. Fletcher me miró, luego a Cameron, y dijo:

—Es un contrato de veinte millones de dólares, y lo quiero. Los dos tenéis un talento excepcional y con un horario abierto, no dudo de que cualquiera de vosotros podría conseguir el trato.

Oh, joder... Estaba bastante seguro de que sabía a dónde iba con esto....

—Pero no tenemos un horario abierto —dijo el Sr. Fletcher—. Tenemos sesenta y cinco horas. Por eso, los dos trabajaréis juntos durante el fin de semana para asegurarnos de que entramos en esa reunión y los dejamos boquiabiertos.

Trabajar juntos. Trabajar todo el fin de semana.

Sí. Eso es lo que pensé.

Joder.

Cameron intentó objetar, pero su padre se levantó. Al parecer, la reunión había terminado. El Sr. Fletcher se dirigió a las puertas dobles que daban paso a la sala de conferencias y miré a Cameron. Estaba mirando la silla de su padre, ahora vacía, e imaginé que mi cara no era mucho mejor.

—¡Chicos! —nos llamó el señor Fletcher.

Me apresuré a seguirle, y Cameron no estaba muy lejos de mí. Había dos bolsas de papel marrón de supermercado sobre la mesa de conferencias, que el Sr. Fletcher señaló con la mano.

—Conoced su producto tal y como es ahora, lo que le falta. Convertidlo en algo sin lo que alguien no pueda vivir. Estaré en contacto con vosotros.

Y entonces sólo quedamos Cameron y yo. Y dos bolsas de papel marrón.

Suspirando, abrí una de las bolsas, y el contenido se derramó sobre la mesa. Condones. Cajas de ellos. Acanalados, tachonados, de colores, finos, largos, para el placer de ella, para el de él, lo que sea, estaba allí. Lubricantes de todos los sabores, con purpurina, con brillo, autocalentables, con hormigueo...

Sonreí cuando me di cuenta de que ya había probado la mayoría de ellos.

Eché un vistazo a la otra bolsa y, por el rabillo del ojo, noté que Cameron se movía. Me encogí de hombros hacia él.

—A mí tampoco me gusta esto —le dije, entregándole lo que tenía en las manos, para poder vaciar la segunda bolsa.

Cuando miró lo que le había dado, yo también lo miré, dándome cuenta de que acababa de entregarle una caja de lubricante con sabor a fresa. Miró la caja, luego a mí y exhaló con las mejillas hinchadas. Empecé a sacar cajas de la segunda bolsa cuando me di cuenta de que él estaba volviendo a empaquetar la primera.

—¿Qué estás haciendo? —le pregunté.

—No voy a hacer esto aquí —dijo con un tono sencillo.

—¿Qué? —pregunté en voz demasiado alta—. Oíste lo que tu...

Me cortó.

—He dicho que no voy a hacer esto aquí —repitió, claramente nervioso. Sacó una tarjeta de presentación y un bolígrafo del bolsillo y garabateó algo antes de dármelo—. Es la dirección de mi casa —explicó antes de que pudiera preguntar—. Si voy a estar todo el fin de semana trabajando, más vale que esté cómodo. Le diré a Simona que nos prepare todo lo que necesitemos.

Miró su reloj.

—Estaré en casa en una hora.

Y así, sin más, estaba secuestrado durante las siguientes sesenta y cinco horas con un hombre que no soportaba verme.

2

NO SOY... FAN DE LOS RELOJES DE CUENTA REGRESIVA

DESPUÉS DE EXPLICARLE a Rachel en qué consistían mis nuevos planes para el fin de semana y de dejarla con un movimiento organizativo medianamente claro, me dirigí a casa para cambiarme. Preparé una bolsa de ropa para pasar la noche, y exactamente una hora después de que Cameron me diera la dirección, estaba subiendo las escaleras de su casa.

Era bonita. Muy jodidamente bonita.

Una casa de piedra rojiza recién renovada, un pequeño porche en la parte delantera, incluso había un maldito árbol. Era un árbol pequeño, pero seguía siendo un árbol. No hay mucha gente que viva a diez minutos del centro de Chicago que tenga árboles en sus patios delanteros.

No mucha gente tenía siquiera patios delanteros. Excepto, Cameron Fletcher.

Me lo imaginaba.

Me detuve antes de pulsar el timbre. Maldita sea. Eran las cinco y diez de la tarde del viernes, y mi fin de semana había terminado antes de comenzar. Había trabajado muchos fines de semana. Y noches. Pero no con alguien que me despreciaba.

Suspiré, murmuré:

—Ah, a la mierda. —Y pulsé el maldito botón.

Abrió la puerta casi de inmediato, como si estuviera al otro lado de la puerta escuchando mis dudas. Seguía vestido con ropa de trabajo, sin la chaqueta. Llevaba la corbata floja y el botón superior desabrochado.

Joder. No se podía negar. Estaba guapísimo. Hermoso, en realidad. No es una palabra que use para describir a los hombres. Pero él era hermoso: tan alto como yo, delgado, con ojos color avellana, piel de alabastro, un cabello color café artísticamente peinado y los labios rosados más besables...

Sí. Hermoso.

Me miró de arriba abajo, sus ojos se fijaron en mis pies, y tosió un poco antes de apartarse para dejarme entrar. Miré mi ropa: vaqueros, camiseta, chaqueta y botas. El vestuario estándar de Lucas Hensley.

Si no fuera heterosexual, pensaría que me estaba mirando. No es que no lo haya mirado antes, muchas veces. Quiero decir, él era un hombre, un hombre hermoso, y yo soy un hombre gay de sangre caliente. Voy a mirarlo. Es un hecho.

Se quedó allí, sin saber qué decir. Así que hablé en su lugar.

—Entonces, ¿dónde vamos a hacer esto?

—Oh —dijo—, pasa. —Y me llevó a través de la primera puerta del pasillo. Era una sala de estar. Decorada con muy buen gusto, contemporánea pero confortable.

—Bonito lugar —le dije.

—Sí, gracias —dijo en voz baja—. Me encanta este lugar.

Señaló con la mano la gran mesa de comedor cuadrada donde había papeles y archivos dispuestos junto a un ordenador portátil.

—He empezado a instalarme aquí —explicó—. Pero necesito cambiarme... la cocina está por esa puerta. —Señaló otra puerta—. Sírvete lo que quieras; agua, cerveza, refresco. Estaré arriba.

Se dio la vuelta y salió por la puerta por la que habíamos entrado, y yo grité:

—¿Quieres una copa?

Se quedó en silencio por un momento, pero luego gritó:

—Sólo agua para mí. —En seguida añadió—: Gracias.

Así que nos serví a los dos una botella de agua y me senté en la mesa del comedor de Cameron. Traté de no mirar alrededor de su sala de estar. Podía ver fotos, pero no me fijé en las personas que aparecían en ellas. No quería ser grosero.

Incluso yo podía respetar los límites.

Así que hojeé los archivos. Llegué a la mitad del resumen de cliente de Lurex cuando Cameron volvió a bajar. Esta vez me fijé en él.

Sólo llevaba unos vaqueros, una camisa abotonada y unos mocasines italianos que probablemente costaron más que mi primer coche, pero parecía... *diferente*.

Diferente, como si no llevara traje, ni chaqueta, ni corbata. Cameron Fletcher con trajes de diseño era jodidamente fácil de ver, pero verlo informal... bueno, llevaba el término fácil de ver a un nivel completamente nuevo.

Se aclaró la garganta y me di cuenta de que me había pillado mirándole. Me encogí de hombros despreocupadamente, reconociendo mi mirada errante, pero ciertamente no me disculpé por ello.

Avergonzado e ignorándome por completo, se sentó frente a su portátil y empezó a dar golpecitos en el tablero.

—Simona llegará pronto —dijo, mirando fijamente la pantalla que tenía delante.

—Y Rachel —le informé—. Estaban organizando todo cuando me fui.

Asintió y abrió la boca, pero volvió a cerrarla, decidiendo claramente no decir lo que fuera que iba a decir. Luego me miró y lo dijo de todos modos.

—¿Tienes que cancelar algún plan este fin de semana?

Era la primera cosa de conversación que me había dicho. Sonreí y negué con la cabeza.

—No. Sólo he estado aquí seis meses. No es suficiente tiempo para conocer a alguien fuera del trabajo. ¿Y tú?

Su frente se frunció y negó con la cabeza. Volvió a abrir la boca para hablar, pero esta vez le salvó el timbre de la puerta.

Se levantó y, diez segundos después, una pizarra con dos piernas entró en la sala.

Rachel. Me levanté rápidamente y le quité la pizarra. Era más alta y ancha que ella con los brazos extendidos -lo que no era difícil- y tenía dos maletines sobre los hombros.

—Dios, Rach, te vas a hacer daño —me quejé.

—Hay más. —Señaló con la cabeza la puerta principal—. Ve a hacer algo útil.

Sonreí y salí, pasando en mi camino por delante de Simona y Cameron, que tenían los brazos ocupados.

—Eso debería ser lo último —dijo Simona por encima del hombro.

Rachel y yo recogimos las últimas cajas de archivo que quedaban en el maletero, lo cerramos y volvimos a entrar. Simona y Cameron mantenían una especie de conversación silenciosa: ella lo miraba con ojos suplicantes, y él sacudía la cabeza y lanzaba un rotundo no a su cara.

Y me pregunté si había algo más entre ellos de lo que parecía. Era evidente que tenían una historia. Me pregunté si alguna vez había sido algo más que profesional. Pero su conversación silenciosa se detuvo muy deliberadamente cuando entré.

Cameron se ocupó rápidamente de preparar la pizarra, y yo eché un vistazo a la cantidad de cosas que las chicas habían traído.

—¿Os habéis dejado *algo* en la oficina? ¿O está todo aquí?

Rachel sonrió y luego nos explicó lo que iba en los dos maletines de cuero.

—El portátil, y el historial de clientes de marketing y cuentas.

—No sé qué haría sin ti —dije codeándola.

—Habrías traído toda esta mierda aquí por tu cuenta, eso es lo que harías sin mí —bromeó ella y luego chocó su cadera con la mía—. Pero gracias por decirlo.

Vi las dos bolsas de Lurex y me di cuenta de que no había mirado en la segunda bolsa. Así que la volqué, allí mismo, en el sofá de Cameron.

Y todo era ganancia.

Consoladores, anillos para el pene, sondas de próstata, más condones y aceites de masaje. Había tres pares de ojos sobre mí y les sonreí, levantando un consolador negro y una varita de próstata.

—¡Me los pido!

Rachel y Simona se rieron, pero Cameron me ignoró por completo. Puse los ojos en blanco, aunque él no lo viera, y recogí la bolsa de juguetes esparcidos. La puse a un lado, fuera del camino, esperando poder probar los productos más tarde... a un nivel más personal.

Así que, en lugar de eso, empecé a rebuscar en las cajas, sacando archivos, cuando me di cuenta de que Cameron estaba preparando una cosa que parecía un reloj digital. Lo conectó y miró su reloj de pulsera, luego ajustó la hora.

Sólo que no daba la hora. Eso era evidente. Contaba regresivamente. Había números, grandes, rojos y parpadeantes. 63:47.

Joder. 63 horas y 47 minutos hasta la reunión con Lurex.

—Oh, diablos, no —dije—. No puedo trabajar con esa cosa haciendo tictac observándome. —Cameron me miró fijamente y luego me ignoró como si nunca hubiera hablado. Así que repetí—: He dicho que no puedo trabajar con esa...

—He oído lo que has dicho —me interrumpió como si le aburriera—. Cuando tengo un plazo me gusta saber cómo voy. El reloj se queda.

Lo fulminé con la mirada, al hijo de perra engreído, pero ni siquiera me miró. Miré a Simona y a Rachel, que no sabían a dónde mirar y resoplé derrotado.

Mordiéndome la lengua, cogí el rotulador de la pizarra y comencé mi habitual tabla de progresión de ideas, cuando Cameron finalmente me miró y habló.

—Así no es como lo hago yo —dijo.

Miré su reloj de cuenta atrás. 63:45.

—Pues vas a estar muy decepcionado durante las próximas sesenta y tres horas y cuarenta y cinco minutos.

Entonces me miró con desprecio. Yo sonreí.

Las dos chicas interrumpieron. Primero Rachel.

—Bien. Cameron te sientas ahí. —Señaló mi asiento—. Así Lucas está de espaldas al reloj. Tú puedes verlo, pero él no.

Simona añadió:

—Lucas, añade incrementos de tiempo en la parte inferior de tu tabla para que Cameron pueda seguir su horario.

Él me miró fijamente y yo a él. Ninguno de los dos se movió.

Rachel frunció el ceño.

—Cristo, vosotros dos sois como niños. Se llama conceder y si queréis ganar el contrato de Lurex sin mataros el uno al otro durante el proceso, entonces aceptadlo, joder.

Cameron me fulminó con la mirada. Creo que podría haber gruñido, pero recogió sus papeles y cambió su asiento por el mío.

Puse los ojos en blanco, pero añadí sus preciosos incrementos de tiempo a mi tabla, asignando el tiempo previsto para cada tarea.

Las dos chicas sonrieron victoriosas y, durante las siguientes dos horas y media, los cuatro trabajamos en silencio. Sorprendentemente, no fue tenso, sino productivo.

Pedimos comida tailandesa, y cuando llegó, con la mesa cubierta de papeles, optamos por sentarnos en el suelo del salón. El ambiente era entonces diferente. Simona hizo preguntas sobre mi familia, mi trabajo en Dallas y cómo me encontraba en Chicago. Rachel escuchaba y contribuía ocasionalmente, e incluso Cameron parecía interesado.

Se sentó con las piernas extendidas, cruzadas por encima los tobillos, y la diferencia entre el hombre que tenía delante y el que trabajaba era como la noche y el día. Se reía mientras todos hablábamos, cogía la comida de los demás con sus palillos, probando un poco de todo, y sus ojos brillaban cuando sonreía.

Por un momento, pensé que incluso podría gustarme el tipo.

Sonriendo, Rachel dijo:

—¿Te importaría explicar lo del saludo del sombrero, señor Hensley?

Me reí.

—Ah, el característico saludo del sombrero —dije dándole un saludo exagerado levantando un sombrero imaginario. Tanto ella como Simona sonrieron—. Lo he hecho desde que era un niño —les dije—. Cuando era pequeño, había un anciano que se sentaba en la puerta de la tienda y, cada vez que entraba con mi madre, me daba un saludo invisible. No decía ni una palabra, sólo hacía eso de inclinar el sombrero. Mi madre sonreía durante cinco minutos. Hacía sonreír a todas las mujeres. —Yo también sonreí al recordar—. Cuando tenía unos seis años, se lo hice a la señora Barnett en el supermercado, y me dio una piruleta por ser un caballero.

Rachel y Simona se rieron, y Cameron puso los ojos en blanco. Yo sonreí y les dije con seriedad:

—Desde entonces me da lo que quiero.

Simona seguía riéndose, pero preguntó:

—¿Lo haces para que las chicas sonrían? ¿No es eso un poco redundante? ¿No es a los hombres a los que quieres encantar?

Noté que los ojos de Simona se dirigían a los de Cameron, cuyos ojos se abrieron de par en par ante las palabras de Simona, pero le sonreí.

—No es un saludo con mi sombrero lo que quieren los hombres. Tengo otras maneras de encantarlos —dije sugestivamente—. Pero creo que hablo en nombre de todos los hombres, homosexuales o heterosexuales, cuando digo que nunca está de más ver a una dama sonreír. ¿No es así Cameron?

Al principio se resistió a mis palabras y luego declaró:

—Um... tenemos un plazo que cumplir.

El ambiente alegre y la conversación fluida murieron allí mismo. El Sr. Todo Trabajo y Nada de Juego se estaba convirtiendo en un chico muy aburrido.

Empezamos a recoger los recipientes vacíos de la cena y Simona dijo:

—Bueno, aquí es donde vosotros dos hacéis lo vuestro. —Luego indicó entre ella y Rachel y dijo—: Hemos cubierto todas las bases, hemos hecho todos los deberes, así que os dejamos solos.

Rachel parecía un poco sorprendida por esto, pero una rápida mirada de Simona le hizo estar de acuerdo.

Sonrió y dijo:

—Juntad esas dos hermosas cabezas e inventad una campaña publicitaria que haga volar a Lurex.

Simona nos dijo que llamarían mañana para ver si necesitábamos algo y mientras tiraba de Rachel hacia la puerta con ella, las llamé y las detuve.

—Aquí, chicas. Elegid la suerte —les dije sosteniendo la primera bolsa de papel marrón llena de golosinas de Lurex. Por supuesto, pensaron que estaba bromeando, así que agité la bolsa—. Elegid. Tenemos preservativos: fluorescentes, que brillan en la oscuridad y, si tenéis suerte, extra grandes —les dije con un movimiento de cejas—. ¿Lubricante con sabor?

Ninguna de las dos se movió.

—Oh, vamos —me quejé—. No me hagáis decir al jefe de Lurex que no podría ni regalar su producto.

Con una mirada colectiva y una sonrisa descarada, ambas cogieron un puñado cada una, sin mirar siquiera lo que cogían. Les dije:

—Usad dos a la hora de acostaros y dos antes de desayunar. —Las acompañé hasta la puerta y las vi reírse hasta el coche.

Y entonces nos quedamos solos Cameron y yo.

—¿Siempre eres tan directo? —preguntó Cameron aparentemente sin gracia.

—Sí. ¿Siempre eres tan... reservado?

Cameron se quedó callado durante un largo momento, y yo empezaba a lamentar la pregunta. Luego respondió.

—Sí.

3

ESTOY... SIN PALABRAS

61:03

CAMERON EMPEZÓ A CATALOGAR los productos y los mercados de destino con las campañas existentes comparándolos con los informes financieros de Lurex, mientras yo empezaba a investigar los antecedentes de Lurex y de nuestra competencia. Y, lo que es más importante, a investigar los antecedentes de aquellos con los que nos reuniríamos el lunes por la mañana.

59:28

EL JEFE de marketing de Lurex era un tipo llamado Charles Makenna. Le seguí la pista, dónde había estado y qué había hecho en los últimos años. Si era el tipo que nos iba a contratar, necesitaba saber todo lo posible sobre él; qué vestía, qué coche conducía, qué desayunaba.

Cameron investigó las combinaciones de colores para el diseño de productos, teniendo en cuenta los estudios de mercado con la división de arte de Publicidad Fletcher, las exposiciones de arte e incluso las pasarelas de moda. Si había una tendencia de color hacia la que se inclinaban los compradores, él la encontraba.

Y estábamos manejando buen tiempo.

58:47

COGÍ DOS CERVEZAS, le di una a Cameron, me quité las botas y cogí mi portátil para sentarme en el suelo apoyado en el sofá. Después de unos minutos más de mi exploración de páginas web, encontré un patrón muy interesante justo cuando Cameron refunfuñaba porque yo navegaba por la red y no hacía una maldita cosa constructiva.

—¡Bingo! —grité.

—¿Qué?

—Acabo de encontrar nuestro mercado objetivo.

—¿Y?

—El Sr. Charles Makenna, el jefe de marketing de Lurex -el tipo con el que nos reunimos los dos el lunes- ha estado acumulando puntos de viajero frecuente. Cada año, durante los últimos cuatro años, en febrero ha estado en Sídney (Australia), en Chicago y Londres en junio, y en agosto en Montreal (Canadá).

—¿Y?

—¿Es una casualidad que se tome vacaciones anuales e internacionales que coincidan con el Mardi Gras y el Orgullo Nacional? —Sonreí victorioso—. Creo que no. Y mira estas fotos. —Señalé cada una—. Una banda de oro en su dedo anular, pero no en el de la mujer recurrente. Apostaría lo que quisieras a que es su asistente personal, o su tapadera, si quieres llamarla así. Porque el señor Makenna es gay.

Cameron parpadeó. Tres veces.

Luego me miró. Su rostro frío y estoico no revelaba nada. Era su cara de póker.

—¿Y crees que deberíamos impulsar el mercado gay?

—Absolutamente.

Cameron tragó algo imaginario y se sentó en el suelo frente a mí, con sus pies a la altura de mi muslo... sus pies largos, largos, de tamaño por lo menos un cuarenta y cinco... Negué con la cabeza y obligué a mis ojos a pasar de sus pies a su cara. Casi podía oír los engranajes que giraban en su cabeza. Parecía cualquier cosa menos convencido.

Insistí en la idea.

—Una campaña gemela. Manteniendo la línea hetero, pero añadiendo una línea gay con conceptos a juego. Todo lo que hace una pareja hetero, lo hace una pareja gay. Si podemos demostrar a Makenna que creemos que no hay diferencia entre las dos parejas, nos habremos ganado su respeto incluso antes de abrir la boca.

Cameron inclinó la cabeza y luego hizo lo más extraño. Sonrió.

—No está mal.

—Es brillante, y lo sabes.

Puso los ojos en blanco.

—No estás inseguro de ti mismo, ¿verdad?

—¿De qué hay que estar inseguro? —pregunté sarcásticamente, poniendo los ojos en blanco—. Quiero decir, cuando empecé en Publicidad Fletcher, me sorprendió no ser el mejor, o el más seguro y engreído de allí. —Le miré de forma directa.

Sus ojos se abrieron de par en par.

—¿Yo?

Asentí. Entonces dijo:

—El mejor, el más seguro *y* el más engreído. Vaya, ¿es eso un cumplido o un insulto?

—Ambas cosas —dije y le regalé una sonrisa de satisfacción—. No era difícil estar celoso de Cameron Fletcher.

—¿Celoso? —Sus ojos se abrieron y parecía genuinamente sorprendido. Lo cual era extraño, porque en el trabajo era el rey de la frialdad, la calma y la tranquilidad. Pero fuera del trabajo, por lo que había visto, era el polo opuesto.

—En caso de que no te hayas dado cuenta, que sospecho que sí, los hombres que te conocen quieren *ser* tú y las mujeres que te conocen, quieren *estar contigo*.

Cameron negó con la cabeza, desestimando mi opinión. Se burló:

—¿Y tú no lo tienes bien?

Ahora fueron mis ojos los que se abrieron de par en par.

—¿Yo?

Resopló.

—Tú eres quien eres. Sin disculpas. Eso requiere unas malditas agallas. Y mi padre parece pensar que eres algo especial.

Ah, y ahora la verdad.

—¿Por eso no te agrado? —Sus ojos se abrieron.

—¿Qué?

—Cuando nos conocimos —le dije tratando de actuar de manera informal, tomando un trago de mi cerveza—. Después de que me reuniera contigo y con tu padre, me miraste como si hubiera hecho algo que te ofendiera personalmente.

Hizo una mueca.

—No te he odiado —dijo en voz baja. Se aclaró la garganta—. Estaba... celoso.

¿Celoso?

—¿Eh?

Esbozó una sonrisa triste.

—Entraste en esa reunión, miraste a mi padre directamente a los ojos y dijiste: "Soy gay, te guste o no" como si fuera lo más fácil del mundo.

—¿Y qué?

Se quedó callado un rato y luego se encogió de hombros.

—No importa.

—Dilo de una puta vez, Cameron.

Tragó saliva, y por un segundo pensé que no iba a hacerlo. Pero lo hizo.

—He querido decirle esas mismas palabras durante años.

Soy gay, te guste o no.

Soy gay... te guste... o no...

Santa.

Mierda.

—¿Eres...?

Sus ojos estaban fijos en sus manos inquietas, pero asintió.

Santa. Mierda.

Y todo quedó jodidamente claro; por qué no le agradaba. Espera, tacha eso. No le desagradaba. Tenía envidia. De mí. Mierda. ¿Las miradas entre Simona y él? No había historia entre ellos. Ella lo sabía.

—Simona lo sabe —dije en voz baja.

Asintió.

—Nadie más.

—¿Tus padres? ¿Tu papá?

Negó con la cabeza con fuerza, la miseria se reflejaba en su rostro.

—No.

—Mierda —fue todo lo que pude decir.

—Y ahora *tú* lo sabes —susurró—. Te agradecería que...

—No se lo diré a nadie —le prometí—. Palabra de explorador —declaré, llevándome dos dedos a la frente.

—Son tres dedos —murmuró.

Me encogí de hombros y sonrió. No estaba seguro de qué decir.

—Entonces —dije—, ¿estás saliendo con alguien?

Resopló.

—No. No desde hace un tiempo. Nadie serio de todos modos. Hubo un chico durante un tiempo... como un año en realidad —dijo en voz baja—. Se llamaba Liam. Pero quería que saliera y estaba harto de esconderse. No puedo decir que le culpo. Pero yo... Simplemente no pude.

Nos sentamos en silencio durante un rato, mientras su admisión se hundía en mi cerebro. Joder.

—¿Por qué yo? ¿Por qué decírmelo? —pregunté—. No es que seamos... —Intenté pensar en la palabra correcta—. No es que seamos amigos o algo así.

Seguía mirando sus manos, pero pude ver cómo sus cejas se juntaban mientras fruncía el ceño. Su voz fue suave y casi no le oí.

—Pensé que lo entenderías.

Sus palabras me dejaron atónito. No se me ocurría ni una puta cosa que decir. Bueno, al menos nada inteligente o profundo.

—¿Gay?

Sonrió, vulnerable, y encogió un hombro.

—Sí.

—Te tenía por heterosexual.

—Se me da bastante bien interpretar el papel —admitió en voz baja—. Así soy yo, vendiendo lo invendible.

¿Invendible?

Respiró hondo y dijo:

—Simona lleva meses presionándome... para que hablara contigo. Pero no tenía ni idea de qué decir, cómo abordar el tema, o cómo reaccionarías. Por lo que sé, podrías haberte reído de mí. Lo cual, afortunadamente, aún no has hecho.

Por primera vez en mi vida, me quedé sin palabras. Este maldito Dios estaba sentado frente a mí, desnudando su alma y yo no tenía palabras.

Así que, sin saber qué más hacer, cogí su pie y lo llevé a mi regazo. Se sorprendió por mis acciones, pero lo miré fijamente a los ojos mientras le quitaba el zapato y empezaba a masajear su pie con el calcetín puesto. Me miró, algo desconcertado, pero cuando hundí mis pulgares en la planta de su pie, frotando círculos en su perfecto arco, sus ojos se cerraron pronto y gimió.

—Cameron nunca me reiría de ti. Nunca —le dije con seriedad—. No por algo así.

Pero entonces miré su pie. Y me reí.

Los ojos de Cameron se abrieron y me miró fijamente, ofendido, creo. Pero yo estaba mirando su pie, bueno, su calcetín.

—¿Qué coño hay en tu calcetín?

—Oh —suspiró con una risa aliviada—. Um, es Charlie Brown.

¿Charlie Brown? ¿Lleva trajes de dos mil dólares y calcetines de dibujos animados?

—¿Acaso quiero saber quién está en el otro pie?

Sonrió y levantó el otro pie, ofreciéndomelo. Le quité el zapato.

—¿Linus?

Sonrió y dijo:

—Tuve que comprar dos pares diferentes para tener un juego con Charlie y Linus.

Negué con la cabeza, pero empecé a masajear ese pie también. Él sonrió y cerró los ojos mientras yo presionaba mis pulgares en el centro de la planta de su pie.

—Tienes unos pulgares con mucho talento —dijo con un gemido suave.

—No eres la primera persona que me lo dice —le dije, y su ceja se levantó, aunque sus ojos no se abrieron.

Lo observé mientras simplemente se dejaba sentir, con los ojos cerrados, la cabeza inclinada hacia atrás y una leve elevación en sus labios, seguro que era algo digno de ver. Si alguien me hubiera dicho esta mañana que estaría sentado en el suelo de la casa de Cameron Fletcher, masajeando sus pies, habría pensado que había perdido la puta cabeza.

Abrió los ojos y me miró.

—Así que —dijo casualmente—. Ya conoces mi secreto. Cuéntame algo sobre Lucas Hensley que nadie sepa.

Uh oh.

Bueno, mierda.

Lo justo es lo justo, supuse. Respiré profundamente.

—Yo... Tengo... ¿una fijación por los pies? —Mi incertidumbre hizo que sonara como una pregunta. Sus ojos se abrieron de golpe, pasando de mi cara a sus pies; uno en mis manos, el otro descansando en mi regazo.

—¿Los *pies*? ¿En serio? —dijo con una sonrisa. Lo fulminé con la mirada. Él sonrió, pero sus ojos eran cálidos, amables.

—Puedo dejar de masajear si eso es un problema... —Arrastré las palabras, bromeando.

Movió los dedos de los pies y se rio.

—No hay problema. Ni uno.

Estiró el pie que tenía en la mano, lo flexionó y movió los dedos. Luego hizo lo mismo con el pie de mi muslo. No podía estar totalmente seguro, pero creo que estaba jugando.

Así que le sujeté el pie con ambas manos y empecé a frotarlo con un movimiento de sube y baja. Tardó un momento en darse cuenta, pero pude verlo en sus ojos cuando lo hizo. Se ensancharon, luego se oscurecieron y, joder, creo que tuvimos un momento.

Demasiado pronto, apartó ambos pies y se aclaró la garganta.

—Es tarde —dijo rápidamente, mirando el reloj.

Consulté mi reloj. Eran casi las dos de la madrugada. No estaba seguro de si estar secuestrado con él incluía pasar la noche. Bostecé y pregunté:

—¿A qué hora quieres que vuelva mañana por aquí?

Parpadeó, se levantó y caminó rápidamente hacia la mesa.

—Puedes quedarte aquí. Tiene más sentido. —Ordenó montones de papeles y volvió a ser todo negocios—. Tendremos que empezar temprano. Pondré el despertador a las seis.

No lo dijo, pero supuse que debía hacer lo mismo.

—Puedes quedarte con la habitación de invitados —dijo, caminando hacia la puerta cerca de las escaleras.

No estaba muy seguro de si debía quedarme o marcharme, pero las próximas cincuenta y siete horas y veintiséis minutos serían lo suficientemente intensas sin añadir malos modales a la mezcla.

—Si estás seguro —dije con una sonrisa—. Sería estupendo. Hice una maleta para pasar la noche. Está en mi coche.

Salí corriendo hacia mi coche para cogerla y él me esperó en la puerta. Cuando entré, pulsó el interruptor de la luz dejando la planta baja a oscuras, así que no pude estar seguro, pero creo que sonrió antes de entrar en el vestíbulo. Arriba, me enseñó el cuarto de baño y luego la habitación de invitados, y se comportó de forma un poco extraña. Yo era experto en leer a la gente, y creo que estaba presenciando algo raramente visto... Cameron Fletcher, nervioso.

Se dirigió hacia lo que supuse que era la puerta de su habitación, y le llamé:

—¿Cameron? —Se volvió y le dije—: Sólo quería darte las gracias.

Sin decir nada, levantó una ceja en señal de pregunta.

Dije sinceramente:

—Por ser honesto conmigo, por decirme que eres gay. Hay que tener agallas. —Luego le pregunté—: ¿Debes sentirte aliviado de que alguien lo sepa?

Me miró, sincero y vulnerable, pero sonrió y asintió. Sin decir nada más, desapareció en su habitación.

Me desnudé hasta quedarme en ropa interior y me metí en la cama. Me quedé tumbado, pensando en la anomalía que era Cameron Fletcher. ¡Era jodidamente gay! ¿Cómo no me había dado cuenta? Consideré por un momento que mi gay-dar podría estar roto; había pasado un tiempo, dame un puto respiro. Pero pronto me di cuenta de que nunca me había fijado en *él*. En realidad, no. Todo lo que vi fue al hombre que quería que la gente viera; el traje, las mujeres que lo rodeaban, las mujeres que se tropezaban para estar cerca de él, las cuentas que conseguía, los contratos que hacía.

Me pregunté si la competitividad entre nosotros disminuiría, ahora que nos habíamos conocido un poco. Tal vez ahora me vería más como un aliado, en lugar de alguien con quien tiene que intentar competir.

Pero programé mi alarma para despertarme diez minutos antes que él, por si acaso.

ESTOY... EMPEZANDO

52:00

APENAS ERAN las seis de la mañana cuando me desperté al darme cuenta de que no estaba en mi cama. Entonces recordé... Cameron. Podía oír la ducha, así que o bien había puesto su alarma para despertarse antes que yo, o bien no dormía mucho.

Nunca me despertaba de muy buen humor. Pero pensando que era mejor empezar, bajé las escaleras en busca de cafeína y empecé a buscar en los armarios de la cocina para ver si encontraba café. Olfateé granos molidos, tazas y la máquina, y la puse a calentar.

Ya sea por curiosidad, o por la necesidad de saber más cosas sobre el hombre, aunque dije que no lo iba a hacer, miré las fotos expuestas en el salón de Cameron. Supuse que la mayoría eran fotos familiares, algunas de amigos tal vez, pero definitivamente ninguna foto de Cameron con pareja.

Era gay. Dios mío. De todas las cosas que hubiera esperado que salieran de su boca, esa no era una de ellas.

No tenía ni idea. Literalmente, ni un indicio.

Incluso a la luz del día, con unas cuatro horas de sueño, todavía daba vueltas en mi cabeza. Había visto a este tipo todos los días en el trabajo y ni una sola vez sospeché que no fuera heterosexual. La forma en que se reía y sonreía a las mujeres, cómo coqueteaban con él. Y todo este tiempo, había estado viviendo una mentira.

Ciertamente no le envidiaba eso.

Había estado haciendo lo que mejor sabía hacer. Vendiendo una imagen.

Ahora sentía algo diferente hacia él. Algo que no sentía ayer cuando fui a trabajar. Y joder... Creo que podría ser respeto.

Para cuando Cameron bajó las escaleras, le entregué una taza de café caliente. Estaba recién duchado, olía y tenía un aspecto delicioso, con su característico cabello desordenado. Me miró, sorprendido por el gesto del café.

—Gracias —dijo en voz baja apoyándose en la mesa del comedor, junto a mí.

Le sonreí, y entonces vi sus pies. Oh, joder. Miré de sus pies calcetados a su cara.

—¿De verdad? ¿Batman y Robin? ¿*En serio*, Cameron?

Sonrió.

—De verdad.

Santo fetiche de los calcetines. Me reí ante mi divertido pensamiento.

—¿Siquiera deseo saber cuáles otros emparejamientos tienes? —pregunté. Se rio en voz baja, pero levanté la mano—. No, espera. Creo que debería preguntar *por qué* antes de *cuáles* —dije mirándole expectante.

—Bueno —dijo dando un sorbo a su café, pensativo—.

Es lo único que es realmente yo bajo los trajes caros y la fachada heterosexual.

—¿Calcetines gay?

Se rio.

—Los calcetines no son gay.

Le dejé saber que discrepaba.

—Bueno, no son jodidamente heterosexuales.

—Pensarás que estoy loco —dijo mientras negaba con la cabeza sonriendo—. Pero todos en el trabajo ven al Cameron Fletcher heterosexual —dijo—. Pero debajo de lo que ven, debajo de los trajes y los asuntos serios, sé que los llevo... No me estoy explicando muy bien —se rio. Luego suspiró y volvió a empezar—: Los llevo todos los días para ser fiel a mí mismo.

Esto me sorprendió. No esperaba que hubiera una razón tan significativa detrás de sus tontos calcetines. Asentí y le sonreí.

—Suficiente razón.

Se encogió de hombros y dio un sorbo a su café.

Con la taza en la mano, volví a la repisa con los marcos de fotos.

—¿Quién es la pareja?

—Mi hermano y su mujer.

—¿Cuántos años tiene la foto?

—Unos seis meses —respondió—. ¿Por qué?

—¿Podrían hacer una sesión de fotos?

—¿Para qué?

—Condones.

Cameron se atragantó con su café. Deduje que eso era un no.

De todos modos lo intenté de nuevo:

—Necesitamos una pareja heterosexual para las pruebas. A ser posible, hoy Cameron.

Me miró, luego a la foto y de nuevo a mí. Su boca se abrió y se cerró, dos veces. Sonreí.

—Sólo fotos del cuerpo, nada de faciales. Serán irreconocibles.

Sus hombros se desplomaron.

—¿Tienes idea de lo difícil que me hará la vida durante los próximos doce meses?

Dejé el café.

—¿Más difícil que tu padre si no conseguimos este contrato? —Fue un golpe bajo, y ambos lo sabíamos. Me frunció el ceño, pero yo había ganado. Él lo sabía, porque suspiró derrotado.

—Si ellos son la pareja heterosexual, ¿a quién usaremos como pareja gay? —preguntó rotundamente. Le sonreí enormemente y moví las cejas de forma sugerente.

Era un hombre inteligente, no tardó en darse cuenta. La taza de café se detuvo a medio camino de su boca abierta y me miró fijamente, sin pestañear, sin moverse, excepto por el tic en el rabillo del ojo.

Tratando de no reírme, le dije:

—Me daré una ducha rápida mientras llamas a tu hermano. —Cuando llegué a la puerta, me giré y pregunté —: ¿Tienes una cámara? Vamos a necesitar...

No me molesté en terminar la frase. Todavía no se había movido. Ni siquiera parpadeaba. Probablemente debería dejar el café antes de que se le cayera.

Y debería ver a alguien por ese tic en el ojo.

48:00

CAMERON SUSPIRÓ EN SU TELÉFONO.

—Simona, tengo que irme. Ya están aquí. Deséame suerte. —No tengo ni idea de lo que le dijo Simona, pero sus ojos se dirigieron a los míos y volvió a suspirar antes de despedirse de ella. Era una buena asistente, lo reconozco. Como mi Rachel; organizada, inteligente y parecía saber lo que quería que se hiciera antes de que se lo pidiera. No hacía mucho que había hablado con ella, prometiéndole que estábamos siendo buenos chicos, jugando limpio y portándonos bien. Al despedirme, le dije que la llamaría si necesitaba algo.

Cameron abrió la puerta principal y su desprevenido hermano y su cuñada entraron, deteniéndose al verme. Cameron hizo las presentaciones:

—Ben, Ashley, este es Lucas.

Sonreí y saludé inclinando mi sombrero imaginario. Ben miró a Cameron, un poco confundido, pero Ashley me miró y sonrió, con conocimiento de causa al parecer. Oh, diablos, no. Ella pensó que yo estaba aquí con Cameron, como *con* él. Lo que significaba que Simona no era la única que sabía dónde estaban las preferencias de Cameron.

—Lucas Hensley. Trabajo con Cameron —expliqué para el beneficio de todos—. Estamos trabajando ahora en realidad, por eso Cameron llamó por teléfono. Fue mi idea.

Los dos me miraron. Supuse que si Cameron estaba poniendo en juego la relación con su hermano, yo también podía asumir la culpa.

—Estamos desesperados por conseguir una pareja para una sesión de fotos para una campaña de productos.

Cameron intervino:

—Papá ha concertado una reunión única para un contrato de exclusividad y nos ha dado sesenta y cinco horas para realizar una campaña completa.

Ben se encogió de hombros. Ashley fue la primera en intervenir.

—¿Cuál es el producto?

La miré directamente a los ojos.

—Condones y lubricantes.

Sus reacciones fueron jodidamente cómicas de ver. Incluso Cameron casi sonrió ante su reacción. Hasta que Ben se giró y miró a su hermano.

—¿Qué mierda?

Pero seguí hablando.

—Lurex está ofreciendo un contrato de publicidad, y tu padre lo quiere. Estamos presionados para terminar esto y valoraremos mucho tu aporte.

Ben me miró fijamente y luego volvió a mirar a Cameron.

—¿Habla en serio?

Cameron asintió, pero pude ver que esto no iba a ser fácil. Me di cuenta de que mi mejor baza era Ashley. Si ella estaba a bordo, Ben lo haría. La miré.

—Tomas fijas, sólo el torso, sin pechos, sin fotos faciales. Ambos tendréis la última palabra en cuanto a las fotos elegidas. Prometo que nadie fuera de esta habitación sabrá quiénes sois. Total discreción. Será de buen gusto, tienes mi palabra.

—¿Qué hay para nosotros? —preguntó ella.

—¿Ashley? —gritó Ben, mirándola con los ojos muy abiertos.

Pero yo le respondí:

—Una cálida sensación de bienestar por ayudar a Cameron, y dos entradas de temporada para los Bears.

Me dieron las entradas como parte de un trato el mes pasado... De todos modos, nunca me ha gustado el fútbol.

· · ·

47:30

—NO PUEDO CREER que esté haciendo esto —refunfuñó Ben.

—No puedo creer que estés haciendo esto en mi habitación —refunfuñó Cameron.

—Ashley, pon tu mano derecha más arriba —le indiqué, mirando por el visor.

Estaban en la cama de Cameron, de rodillas, ambos sin camiseta. Ben estaba bien formado, musculado y cuidaba su cuerpo de forma evidente. Ashley era menuda. No podían ser más perfectos.

Ben estaba de espaldas a mí, y todo lo que podía ver de Ashley era su brazo, el lado de su cadera y su larga melena rubia. Un clásico ejemplo jodidamente perfecto.

Hice algunas tomas laterales. El brazo de Ben o el cabello de Ashley ocultaban los tirantes del sujetador, dando la impresión de desnudez. Hubo fotos de la parte delantera de Ben, con las yemas de los dedos de Ashley deslizándose bajo la cintura de sus vaqueros, las enormes manos de Ben en la pequeña cintura de su mujer y una vista trasera de Ashley, con la cabeza echada atrás, con los brazos de Ben rodeándola.

Incluso conseguí algunas fotos de sus pies. Y eso me dio una idea.

—De acuerdo Ben —dije—. Puedes volver a ponerte la camiseta.

Le di a Ashley su camiseta, pero le pedí que no se pusiera los vaqueros.

—Necesito tus pies, por favor.

Hice que se pusieran de pie, abrazados. Los pies masculinos de Ben se delineaban en el dobladillo de sus vaqueros mientras Ashley tenía un pie entre los de Ben, y el otro descansaba sobre los suyos. Sus uñas pintadas eran perfectamente femeninas por contraste.

Luego hice fotos de ellos tumbados, con los delicados pies de Ashley enredados con los de Ben. Cameron se quedó en la puerta, aparentemente incómodo con la idea.

Ben se quejó:

—¿Para qué coño teníamos que desnudarnos en ropa interior si sólo querías fotos de nuestros pies?

—Oh —dije con una sonrisa—. Porque tienes unos pies preciosos.

Ben miró a Ashley y le dio un codazo.

—¿Oyes eso cariño? Tienes unos pies preciosos. —Cambiando los ajustes de la cámara de Cameron, lo miré y me reí—. Oh, sí, Ashley también los tiene preciosos.

Tardó un largo segundo, pero Ben se quedó boquiabierto, Ashley soltó una risita y yo miré hacia la puerta para ver la reacción de Cameron, pero ya estaba bajando las escaleras.

46:20

CAMERON y Ben estaban en la cocina pidiendo la comida. Cameron iba a invitar, así que la lista de Ben era larga.

Ashley y yo estábamos sentados ante la mesa del comedor.

—Eres muy bueno —dijo Ashley, mientras nos desplazábamos por las fotos digitales—. Me gusta esta... y aquella... —Estaba seleccionando su preferencia de fotos que podíamos usar. Tenía buen ojo para los detalles y me gustaron las que eligió—. Las fotos de los pies son geniales —

dijo—. Muestran realmente a una pareja en la intimidad, sin detalles.

Sonreí.

—Eso es exactamente lo que quiero que se vea.

—Muy inteligente —dijo con una sonrisa.

Le expliqué:

—He estado en suficientes sesiones fotográficas y he visto suficientes campañas publicitarias para saber lo que funciona, pero no soy fotógrafo. Tendré que digitalizarlas antes de hacer nada.

Sin preocuparse, Ben dejó la decisión en manos de su mujer y Ashley aprobó quince tomas en total. Introduje un disco en mi portátil mientras le explicaba detalladamente lo que haría con las fotos durante las próximas ocho horas. Cuando el disco terminó de grabarse, se lo entregué.

—Toma —le dije—. Una copia de todas las fotos. Haz con ellas lo que quieras. —Le guiñé un ojo y ella soltó una risita.

—Así que, ¿Cameron y tú pasáis un poco de tiempo juntos...? —preguntó en voz baja, de forma sugerente.

Oh, sí. Ella lo sabía.

—Sólo en el trabajo —dije—. E incluso entonces, no mucho. Esta campaña —dije indicando los archivos en la mesa junto a nosotros—, es lo único de lo que hemos hablado.

—Pero eres gay, ¿verdad? —preguntó en voz baja, con una sonrisa.

—Lo soy, señora.

Ella asintió.

—Ya lo suponía.

Sonriendo, levanté la ceja en forma de pregunta, y ella explicó:

—Acabo de estar semidesnuda, arriba en una habitación

contigo y puedo asegurarte que no era a mí a quien estabas mirando.

Me reí y asentí.

—Es cierto. Tu marido es un tipo guapo.

—También lo es mi cuñado —dijo con suficiencia—. ¿No crees?

Puse los ojos en blanco.

—No es *guapo* —enmendé—. Es hermoso.

Sonrió con tristeza.

—Me gustaría que saliera más. Necesita a alguien, ¿sabes? Lleva demasiado tiempo solo. Todo lo que hace es trabajar.

—Bueno, nuestros trabajos no dejan exactamente mucho tiempo para una vida social. —Miré el maldito reloj de la cuenta regresiva—. Los dos estaremos trabajando durante las próximas 46 horas para terminar esto.

Entonces miró a su alrededor para asegurarse de que Cameron y Ben seguían fuera del alcance del oído. Susurró:

—¿No puedes sacarlo a divertirse? Llévalo a un bar, emborráchalo, encuéntrale algún tipo alto, moreno y guapo... —luego me miró de arriba abajo y rectificó— ¿o algún rubio alto y sureño...?

Me reí. Pero tenía que admitir que era una idea jodidamente buena.

5

NO ESTOY... LO SUFICIENTEMENTE BORRACHO

39:20

(LO QUE EQUIVALE a las 8:40 de la noche del sábado)

—Cameron —dije nuevamente, mientras rebuscaba en su armario—. Vamos a hacer esto.

Sus labios se fruncieron en una fina línea y resopló. Se notaba que quería ir. Pero estaba jodidamente asustado. No es que lo admitiera.

Cambié mi enfoque.

—Es estrictamente para el trabajo. Piensa en ello como marketing de producto; grupo de enfoque, investigación de objetivos. No tenemos que quedarnos mucho tiempo.

Pude ver su deseo luchando con la reserva en sus ojos, pero no cedió. Cielos, era difícil de convencer.

Saqué una camiseta y suspiré.

—Muy bien Cameron —dije ya sin paciencia—. Siéntete libre de quedarte aquí. Pero he tenido la cabeza en esta puta cuenta durante más de veinticuatro horas seguidas. Me estoy quedando bizco mirando la maldita pantalla del ordenador editando esas fotos. Voy a salir —dije sin dejar lugar a la discusión—. Hay al menos dos o tres clubes gay, y con suerte, muchos hombres que te mirarán con los ojos desorbitados y querrán tener sexo desenfrenado.

Me saqué la camiseta por encima de la cabeza y la arrojé sobre la cama de Cameron. Sostuve su camiseta en alto, fingiendo que le daba un repaso, pero en realidad le daba tiempo de sobra para que me viera sin camiseta. Esperé a que sus ojos pasaran de mi pecho a mi cara antes de sonreír. Apartó la mirada rápidamente, como si no le gustara lo que veía, pero un leve rubor lo delató. Sonriendo, me puse la camiseta que tenía en la mano. Era una de Cameron.

Se aclaró la garganta.

—Es una camiseta de gimnasia —me informa Cameron.

Por favor. Era una camiseta negra, ajustada y sin mangas, que mostraba mis pectorales y bíceps a la perfección y que probablemente costaba más de lo que la mayoría de la gente gana en un día. Le sonreí:

—Con un poco de suerte, no la tendré puesta mucho tiempo.

Tragó saliva y parpadeó, y supe que casi lo tenía.

Pasé junto a él, volví a bajar las escaleras, me puse las botas y recogí la primera bolsa de productos de Lurex. Le hice un guiño a Cameron.

—Sólo para fines de investigación, por supuesto.

Su mandíbula se hinchó mientras apretaba los dientes, y sus fosas nasales se ampliaron. Creo que era su mirada cabreada, pero fuera lo que fuera, era jodidamente caliente. Gruñó:

—Iré si estamos en casa a las doce.

—Dos —contesté.

—Una.

—De acuerdo.

Me miró con enojo, pero subió las escaleras de dos en dos y volvió a bajar medio minuto después. Llevaba puestos sus vaqueros azules y camiseta gris oscura. No era nada extraordinario, pero verlo vestido con algo que no fuera una camisa de botones era algo un poco especial.

Sobre todo una que se le ajustaba bien. Obviamente, me quedé mirando.

—¿Qué? —dijo a la defensiva—. Hago ejercicio.

—Se nota —dije recorriendo con mis ojos su cuerpo desde la cabeza a los pies. Bueno, a sus calcetines... sus calcetines de rayas multicolores de Barrio Sésamo....

—¿Bert y Ernie? ¿*De verdad?* Por el amor de Dios y Armani, tengo que comprarte unos calcetines.

Sonrió espectacularmente.

—No te metas con los calcetines. —Luego se puso los mocasines y se puso en pie—. Volvemos a la una de la madrugada, esto es sólo para estudiar el mercado y *nada* de beber.

37:15

—DOS WHISKIES SOLOS, por favor —pedí por encima de la barra y le entregué uno a Cameron.

Puso los ojos en blanco, pero lo tomó. Era el tercero, y creo que estaba un poco borracho. Desde que entramos, parecía un niño en una tienda de caramelos, mirando todos los *dulces* que podía. Y ellos también lo miraban. Bueno, más bien se lo tiraban con los ojos.

No puedo decir que los culpara. Era fuera de serie. Su

cara esculpida, su cabello recién peinado, ni siquiera tenía que intentarlo. Era jodidamente hermoso.

Estaba muy nervioso cuando llegamos. Casi se escondió detrás de mí, como si fuera a ser visto por alguien que lo reconociera.

—Vamos Cameron —le había dicho suavemente—. Tienes la excusa perfecta para ir por fin de fiesta, beber un poco, bailar un poco... Esto está completamente relacionado con el trabajo. Estamos aquí estrictamente por negocios.

Puso los ojos en blanco y exhaló con fuerza, pero al menos conseguí que cruzara la puerta.

Le mostré al tipo de seguridad lo que tenía en la bolsa de papel del supermercado. El tipo grande y corpulento miró la bolsa de condones y luego a nosotros.

—Un poco ambicioso, ¿no?

Le guiñé un ojo y me incliné el sombrero imaginario.

—*Nunca* confundo mis ambiciones con mis capacidades.

Sonrió, negó con la cabeza y nos hizo un gesto para que pasáramos. Eso fue hace una hora.

Cameron había tomado unas cuantas copas. Me di cuenta de que quería bailar, pero no tenía el valor de salir a la pista de baile, solo, en un mar de hombres. El lugar aún no estaba muy concurrido. Necesitaba esperar un poco más...

Así que decidí hacerle algunas preguntas. No fue del todo desafortunado que tuviera que inclinarme muy cerca para que pudiera escuchar.

—¿Alguna vez saliste de fiesta con... como se llame? —Recordaba el nombre del tipo, Liam, pero actuar como si su ex fuera olvidable me pareció una buena idea.

Cameron frunció el ceño y negó con la cabeza.

—No... Él quería...

Dios.

—¿Salisteis en algún momento? ¿Cena o cine?

Bebió el whisky, todo. Podía olerlo en su aliento.

—No. A menos que fuéramos, fuera de la ciudad —dijo.

Dios mío.

—¿No es de extrañar que me haya dejado? —dijo en voz alta en mi oído, hablando por encima de la música.

Esperaba que fuera una pregunta retórica, porque estaba claro que no quería responderla. En su lugar, dije:

—Pero pasar todo ese tiempo dentro de casa también tenía sus beneficios, ¿no?

Él resopló, pero me dedicó una media sonrisa.

—Sí, supongo que sí.

Me reí.

—Seguro que sí. Así que —dije mirando alrededor de la multitud—, ¿ves a alguien con quien quieras pasar un rato dentro?

Su ceño se frunció de nuevo, y casi hizo una mueca.

—Pensé que estábamos aquí para trabajar —dijo. Y se dio cuenta, al mismo tiempo que yo, de lo cerca que estábamos, casi tocándonos... casi. Y dio un paso atrás, alejándose de mí, poniendo algo de distancia entre nosotros.

El club empezaba a llenarse de cuerpos, algunos completamente vestidos, otros no. Fingí que exploraba la pista, pero en realidad sólo estaba observando a Cameron, cuando un tipo cualquiera se le acercó y le invitó a bailar. No era mal parecido, en una especie de "Dónde está Wally". Y yo estaba indeciso. ¿Intervengo? ¿Le digo a este tipo nunca-sería-digno que se fuera a la mierda, o dejaba que Cameron se fuera con él?

Antes de que pudiera comentar, Cameron dijo la cosa más atrevida.

—Estoy aquí con alguien.

Estoy aquí con alguien.

Conmigo.

Él estaba aquí conmigo.

Ni siquiera intenté detener la sonrisa. "¿Dónde está Wally?" desapareció entre la multitud, que fueron tres escoceses que valían la pena, y me reí.

—¿Qué? —espetó.

Ladeé la cabeza y le miré.

—Si estás aquí conmigo, entonces bailarás conmigo.

—N-o-o-o, no puedo —dijo negando con la cabeza.

—Mentira —le solté acercándome a él, con su cara a escasos centímetros de la mía, le dije—: No hay nada que no puedas hacer.

Y tuvimos otro de esos momentos. Ahí mismo. Me miró fijamente, con seriedad, pero con una especie de promesa y yo le devolví la mirada.

Tragó saliva y miró hacia otro lado, rompiendo nuestra mirada.

—¿Tal vez después de otro trago...?

Sonreí.

—Claro.

Esta vez, cuando me entregó la bebida, la tomé con la mano derecha y apoyé la izquierda en la parte baja de su espalda. Inclinándome, muy cerca, le hablé al oído.

—Primero trabajamos. Luego bailamos.

—¿Qué tienes pensado? —preguntó. Podía sentir el calor de su aliento en la piel de mi cuello.

—Un baile cercano y lento, con las caderas moviéndose y las manos vagando.

Pude sentir que se congelaba. Después de dos latidos, dijo:

—Me refería al trabajo. ¿Qué tenías en mente con el trabajo?

Me aparté un poco, para poder ver su cara, y sonreí.

—Ah, eso...

Apartó la mirada, pero las comisuras de sus labios se curvaron mientras intentaba no sonreír.

Terminé mí bebida de un solo trago y esperé a que Cameron hiciera lo mismo antes de tomar su mano, tirando de él a través de la multitud hacia el escenario hasta la plataforma del DJ.

Subí de un salto al escenario, pero Cameron no hizo lo mismo. Me giré y le miré, y él me miró fijamente, algo desconcertado.

—¿Qué demonios crees que estás haciendo?

Sonreí y le guiñé un ojo, luego me incliné y le hice una seña al DJ. Usé mi encanto sureño, guiñándole el ojo y rematando cada cumplido con hoyuelos. También le pedí cinco minutos de tiempo de la pista. Le entregué un puñado de productos de Lurex, entre ellos un anillo para el pene y él detuvo la música.

Así de fácil.

Todos los hombres de la pista de baile y los de la barra se giraron y nos miraron. Esto era todo. Ahora o nunca.

—Buenas noches chicos —empecé—. ¿Podríais ayudar a un chico sureño esta noche? Necesito un poco de asesoría.

Hubo unos cuantos gritos sobre cómo a algunos les gustaría *ayudarme* exactamente, de una manera físicamente gratificante. Eso me hizo sonreír y reír tímidamente, todo para aparentar, por supuesto.

—Primero —dije en voz alta—, necesito a mi compañero de crimen aquí arriba conmigo. —Señalé a Cameron, que parecía entre mortificado y lívido. Me acerqué, le tendí la mano y le dije—: ¿Podría el hombre más sexi de la sala subir su sexi culo hasta aquí?

Me tomó la mano, murmuró algo sobre "que mierda

estaba haciendo", pero subió al escenario para ponerse a mi lado. Y se escucharon más aplausos y aullidos.

Cameron me gritó al oído:

—Esta me la debes.

—Empieza a grabar —le sisee.

Y lo hizo. Sacó su teléfono del bolsillo, pulsó la pantalla hasta los ajustes de la cámara y empezó a grabar.

Me volví hacia la multitud.

—Bien chicos, tengo algunas preguntas rápidas. —Metí la mano en la bolsa de condones y lubricantes, saqué una muestra al azar y la levanté para que todos la vieran—. Los productos estándar de Lurex... todos los habéis visto. Todos los habéis usado. Quiero saber qué es lo que no os gusta de ellos.

Silencio. Maldito silencio.

Mierda.

Necesitaban un poco de ayuda.

—¿Queréis saber qué es lo que odio de los envoltorios estándar de los productos?

Esta vez fue un silencio absoluto. Al menos estaban escuchando.

—Odio que todas las malditas parejas que aparecen en un paquete de condones sean heteros. —Silencio. Otra vez.

Entonces alguien intervino.

—¡Claro que sí! —gritó un tipo. Así que le entregué un condón. Luego, los demás empezaron a gritar cosas, y en cada intervención repartí un puñado de paquetes de condones y muestras de lubricante.

—Sí, no quiero fotos de mujeres en mi habitación.

—Sí, ¿dónde están las fotos de dos hombres?

—¿Por qué las empresas no usan fotos de dos hombres en sus condones?

—¡Porque ninguna compañía de este tipo tiene las pelotas para hacerlo, por eso!

Perfecto. Pero necesitaba controlar la dirección de esta encuesta.

—¿Cuánto dinero por semana gastarías en estos productos?

—Diez dólares.

—Quince.

—Veinte.

—¡Cincuenta!

—Mentiroso.

—¡Soy un triunfador! —se defendió el tipo.

—¡Aquí! —Le llamé, sosteniendo una variedad de paquetes de productos—. En nombre de la ayuda financiera y del sexo seguro, por favor, coge un puñado.

Y así transcurrió la improvisada sesión de preguntas y respuestas, todo ello filmado. Les hice preguntas hasta que no quedaron condones ni lubricantes. Al menos, no en esa bolsa.

Habíamos leído estas estadísticas cientos de veces, las habíamos visto en blanco y negro en todos los archivos de Lurex que habíamos memorizado en las últimas veinticuatro horas.

Pero escucharlo de la fuente era crudo, sin editar y un poco brillante.

Agradecí al público su tiempo y su paciencia, les di a todos un saludo con mi sombrero imaginario y le pedí al Sr. Maestro que por favor hiciera bailar a los chicos guapos.

Fue entonces cuando miré a Cameron. Estaba sonriendo y me miraba fijamente. Incluso por encima del comienzo del ritmo, los golpes y la cadencia de la música, pude escuchar lo que dijo.

—Eso fue...

—¿Jodidamente brillante? —le pregunté.

Sonrió y negó con la cabeza.

—Iba a decir que fue un placer verlo.

Mierda. Creo que Cameron Fletcher me acaba de hacer un cumplido. Eso, o simplemente ha coqueteado conmigo. Bueno, sea lo que sea, me hizo sonreír.

El tipo de sonrisa de doble hoyuelo.

Podría haber dicho o insinuado muchas cosas, pero me conformé con acercarme a su oído. Le dije:

—Primero bebemos. —Me aparté para poder mirarle a los ojos. Nuestras caras estaban cerca, sus ojos eran oscuros.

Sonreí.

—Luego bailamos.

6

SOY... VERSÁTIL

40: ...algo de horas... No tenía ni puta idea de la hora que era. Cinco whiskies y un Cameron borracho me tenían muy ocupado.

—¿POR qué no grabamos a otros tipos? —preguntó Cameron en voz alta en mi oído, hablando por encima de la música. Estaba nervioso, intentando librarse de bailar conmigo. Pero no podía engañarme.

El maldito quería hacerlo. No protestaba *tanto*.

Estaba ahí, en sus ojos; brillantes y vivos, nadando entre cinco tragos de whisky. Me incliné para hablarle al oído.

—Porque no tengo a mano un descargo de responsabilidad legal. No quiero que nos demanden la semana que viene, y no les vamos a pagar. —Me aparté, sonriéndole, y hablé lo suficientemente alto para que pudiera oírme—. ¡Y me he quedado sin condones gratis!

Cuando el camarero me dio la ronda número seis, pedí una más. Me di la vuelta para darle a Cameron su bebida, que chocó con mi vaso y me bebí el mío de un trago. Volví a dejar el vaso vacío sobre la barra, y Cameron me observaba, mi cara, mis manos. Me estaba observando seriamente y eso me hizo más feliz de lo que debería.

Sonriendo, me encogí de hombros.

—¡Ahora, bebe! Tenemos trabajo que hacer.

Se bebió el licor, entrecerrando los ojos por la quemadura, y cuando sus ojos volvieron a abrirse, parecían lentos y lánguidos. No era un gran bebedor y, por lo que pude ver, Cameron lo era aún menos. Sentía un zumbido embriagado, la habitación era una bonita masa de color, sonido y hombres.

Pero creo que Cameron estaba un poco más que achispado.

Tenía una sonrisa perezosa y una mirada lejana en sus ojos. Y creo que pasó de ser hermoso a ser sexi.

¿Podría ser ambas cosas?

Se rio, y eso fue un maldito "sí" definitivo. Era definitivamente hermoso *y* sexi.

—¿Estás bien? —le pregunté, sin poder evitar sonreírle. Me devolvió la sonrisa y asintió —. ¿Qué es tan gracioso?

Volvió a reírse y negó con la cabeza.

—No puedo creer que esté aquí —dijo—. Contigo.

Conmigo. Eso era algo extraño de añadir.

—¿Hay algo malo en estar aquí? *¿Conmigo?*

Negó con la cabeza.

—Absolutamente no —dijo—. Nunca pensé en cien años que lo estaría, eso es todo.

Había olvidado un poco que esto era raro para él, estar en un club gay lleno de hombres medio desnudos.

—Entonces tendremos que volver —dije—. Después de que consigamos el contrato con Lurex, tú y yo saldremos de nuevo.

Tragó y asintió, y luego sonrió. No podía decir si era

una sonrisa de "no creo" o una sonrisa de "me gustaría". Y no podía, por mi vida, averiguar cuál quería que fuera. ¿Quería socializar con un tipo que hasta ayer no me gustaba? ¿Quería que volviéramos a ser como antes? Sin hablar, ignorándonos el uno al otro o, ¿quería conocer a este tipo?

Estaba jodidamente seguro de que era lo segundo. Y cuando decía *conocer a este tipo*, me refería a conocerlo muy, *muy* bien...

—Toma —añadí, entregándole su otra bebida, antes de que mi cerebro excesivamente pensativo se me adelantara. Cogí mi bebida y antes de que Cameron diera un sorbo a la suya, yo ya había terminado la mía. Sí, lo pagaría mañana, pero ya me encargaría de eso entonces. Mañana.

Primero tenía que pasar esta noche.

Miré a los chicos que nos rodeaban, buscando a alguien que pareciera lo suficientemente confiable.

Y lo encontré o, mejor dicho, la encontré a ella. La llamé, y ella se acercó a donde estábamos de pie.

—Hola preciosa —le dije con acento tejano—. ¿Te importaría ayudar a un chico sureño en apuros?

—Oh, cariño —dijo dramáticamente, poniendo su mano sobre su corazón—. ¿Qué *puede* hacer una chica para ayudar?

Miré a Cameron y deseé poder hacer una foto. Sería jodidamente impagable. Estaba mirando a la drag-queen, casi boquiabierto. Parpadeó, luego volvió a parpadear.

—Lucas y Cameron —dije, haciendo las presentaciones.

A lo que ella respondió, extravagantemente:

—Ellie Tzar. —Su piel color cacao resaltaba con su peinado bouffant rosa y la sombra de ojos, el pintalabios y el vestido de lentejuelas a juego. Estaba fantástica.

—Bueno, Ellie Tzar —continué acercando a Cameron—.

Mi chico y yo necesitamos que alguien nos filme mientras bailamos.

Eso llamó la atención de Cameron. Dejó de mirar a la mujer a nuestro lado y ahora me miraba a mí.

Volví a mirar a Ellie y le dije:

—Verás, estamos tratando de sacar algo de Orgullo en el mundo comercial de la publicidad. Creemos que ya es hora de que el mundo real nos vea de verdad —dije haciendo un gesto con la mano hacia el club de hombres—. Sólo un poco de material en bruto en este teléfono, aquí en la pista de baile. ¿Quince minutos de tu tiempo?

Ellie asintió con entusiasmo y me dijo que ya era hora de que alguien se enfrentara a los gigantes corporativos y que éramos valientes por intentarlo.

No me molesté en decirle que había una delgada línea entre la valentía y la locura, y que el lunes a las 10:15 de la mañana no estaba seguro de en qué lado de la línea estaríamos.

Le hice un gesto con mi sombrero imaginario.

—Querida, te estaríamos muy agradecidos.

Ella sonrió con timidez, batió sus pestañas falsas y dijo:

—Bueno, ¿quién puede rechazar a un caballero como tú?

Verás, vender hielo a los esquimales. Realmente, era para lo que había nacido.

Me quité la camiseta y me la metí en el bolsillo trasero.

Y Cameron volvió a quedarse con la boca abierta. Hacía mí, mi pecho, mi estómago. Miré hacia abajo mientras me froté la mano por los abdominales, y luego miré directamente a Cameron.

—¿Te gusta lo que ves?

No respondió con palabras, pero pude ver cómo tragaba. Y eso fue respuesta suficiente.

—¿Quieres saber cómo se siente?

Cameron me miró, y luego volvió la vista a la pista de baile.

—Vamos —le sonreí—. Quiero ver a Bert y Ernie en acción.

Miró a su alrededor y luego a mí, claramente confundido.

—¿Quiénes?

Sonriendo, le expliqué:

—Tus calcetines.

El reconocimiento parpadeó en sus ojos y se rio, aliviado, creo. Debería relajarse y reírse más, porque era realmente hermoso.

Había pequeñas líneas de expresión en la esquina de sus ojos y en el borde de sus labios rosados cuando sonreía. Una cosa que me dijeron seis tragos de whisky fue que Cameron Fletcher redefinía la buena apariencia.

Miguel Ángel no podría haber soñado esa mierda.

Supuse que esta era mi única oportunidad de tocar esta estatua de David de la vida real. Le pedí a Ellie que me siguiera, y tomé la mano de Cameron. Al llevarnos a la pista de baile abarrotada, ni siquiera miré para ver si se oponía. Sabía que no lo haría.

Él quería esto. Sabía que lo quería.

Cuando nos aventuramos lo suficiente en la masa de cuerpos que se balanceaban, giré sobre mis talones para que Cameron viniera hacia mí. Lo agarré por la cintura y lo sujeté contra mí. Se quedó con la boca abierta, pero le sostuve la mirada, esperando que me dijera que no.

Por supuesto que no lo hizo.

Le sonreí y le pasé la mano por el estómago, arrastrando los dedos hasta su cadera. Cuando introduje mis dedos en el bolsillo de sus vaqueros, sus ojos se abrieron.

—¿Qué estás haciendo?

Se detuvo, aliviado, decepcionado, cuando saqué su teléfono. Claro, podría haber usado el mío, pero entonces no habría tenido la excusa para meter la mano en el bolsillo de Cameron.

—Tentador Cameron, pero necesitamos esto —dije sosteniendo su teléfono. Encontré el ajuste de la cámara y se lo di a Ellie. Estaba lo suficientemente cerca como para que cualquier grabación que obtuviera mostrara la pista de baile abarrotada detrás de nosotros. Lo quería sin ensayar, sin coreografiar.

Miré a Ellie y con las manos, le indiqué que no hiciera tomas a la cabeza, sino al torso y a las caderas. Ella asintió en señal de comprensión y dijo:

—Acción, chicos.

Así que eso fue todo.

Sin quitarle los ojos de encima, metí lentamente un pie entre los suyos. Mis manos agarraron sus caderas y apreté nuestros cuerpos. Sus ojos se abrieron de par en par y esperaba un destello de vacilación o arrepentimiento que me dijera que me detuviera. Pero no hubo ninguno.

Sus fosas nasales se abrieron y su respiración se entrecortó. Y, sin palabras, me dijo que siguiera.

Así que empecé a moverme.

Lentamente, me balanceé contra él al ritmo de la música. Lo tenía agarrado, moviéndonos. Era consciente de que Ellie estaba filmando, moviéndose a nuestro alrededor, pero estaba concentrado en el hombre que tenía entre mis brazos. Pude sentir el momento en que se rindió; se relajó, se movió con más fluidez y sus manos se aferraron a mis costados. Mantuve mi cara junto a su cuello y su oreja, respirando en el vello de su nuca.

Podía sentirlo. Todo él. Su pecho, sus abdominales, su

polla cubierta por los vaqueros, sus muslos, sus manos sobre mí.

No voy a mentir. Se sentía jodidamente bien.

Se sentía... increíblemente bien.

Sabía que podía sentir mi polla endureciéndose. Debería haberme escandalizado, o al menos recordado, que trabajaba con este hombre. Tenía que enfrentarme a él a la luz sobria del día. Pero no fue así.

Quería que me sintiera.

Quería que supiera que me gustaba.

Quería que supiera lo que me estaba haciendo.

Entonces movió sus manos. Una se deslizó por mi cintura para agarrar mi cadera. Justo cuando pensé que iba a detenerme, su otra mano se deslizó hacia la parte baja de mi espalda y me empujó más hacia él.

Creo que gemí.

Sé que me estremecí.

Lo sé porque se rio de mi reacción. El sonido me hizo cosquillas en el cuello y su pecho vibró contra el mío. Sólo para poder observar su cara -observar su reacción- eché la cabeza hacia atrás para mirarlo mientras pasaba la mano por su espalda y le palmeaba el culo.

Entonces *él* gimió.

Y *él* se estremeció.

Y fui yo quien se rio.

No sé cuántas canciones bailamos así... Rozándonos, balanceándonos. Tocándonos.

Y casi me había olvidado que nos estaban filmando.

Respiraba en mi piel, sus manos me sujetaban, el hueso de su cadera se burlaba de mi polla. La música era fuerte y atrayente, el calor de su cuerpo, de los otros hombres, me consumía. El vaivén de la pista de baile nos guiaba. Podía sentir el ritmo del bajo en mi pecho.

También podía sentirlo a él. Oh, joder, podía sentirlo.

Sus largos dedos me sujetaban, sus manos eran tan seguras y exigentes. Movía sus caderas, balanceándose conmigo y mientras se apretaba contra mí, necesitando fricción. Podía sentir lo excitado que estaba.

Me giré en sus brazos y froté mi culo contra su erección. Sus dedos se clavaron en mis caderas.

Su piel era tan cálida, su pecho se expandía contra el mío con cada respiración que hacía y yo apoyaba mi cabeza en su hombro y él gemía en mi oído:

—Mmmmm. —Frotó su polla contra mi culo—. ¿No pensé que te gustaría esto?

Sonreí ante su pregunta implícita. Quería saber si yo era el activo o el pasivo. Riendo, me giré en sus brazos, uniendo nuestras caderas y le dije:

—Soy versátil.

Sus ojos se cerraron y gimió. Juro que pude sentir cómo su polla se movió acomodándose. Mis sentidos embotados por el Johnnie Walker no se perdieron nada.

Desgraciadamente, el Sr. Walker también hizo que las palabras salieran de mi boca sin ser filtradas antes.

—Joder —gemí—. Eres tan jodidamente caliente.

Sus manos se detuvieron en mí, sólo una fracción, y su ritmo vaciló. Entonces retiré la cara y le miré a los ojos. Estaban ligeramente abiertos por la sorpresa y la vulnerabilidad, pero se mostraban oscuros y profundos por el deseo.

—Es verdad —le dije. Puse los ojos en blanco juguetonamente—: Como si no lo supieras.

Parpadeó y me di cuenta de que era muy posible que realmente no supiera cómo lo veían los demás hombres. Negué con la cabeza y le di la vuelta para que su espalda quedara pegada a mi pecho desnudo y su culo estuviera contra mi polla. Le hablé al oído:

—Mira a tu alrededor, Cameron. Todos los ojos están puestos en ti.

Lo hizo, y podía verlo, cómo lo miraban, cómo deseaban estar bailando con él, cómo deseaban que sus manos estuvieran sobre ellos.

Me incliné y mis labios rozaron su oreja mientras hablaba.

—Oh, cómo desearían ser yo.

Le hice girar de nuevo para poder mirarle. Sus mejillas estaban teñidas de un rosa que hacía que sus labios separados parecieran rojos. Entonces, joder, su lengua se deslizó por su labio inferior.

Gemí. En voz alta.

—Oh, joder —dije apartando la mirada—. No hagas eso.

Entonces se mordió el labio inferior entre los dientes. ¿Estaba tratando de matarme? Mis ojos se cerraron, grabando la imagen en mi cerebro. Todavía estaba unido a él por la cadera. Podía sentir cómo reaccionaba al bailar conmigo. Seguro, *seguro* que podía sentir lo dura que estaba mi polla.

Deslicé mi mano alrededor de su mandíbula y mi pulgar sacó su labio de entre sus dientes.

Me pregunté si él sabía lo jodidamente cerca que estaba de besarle allí mismo.

Quería besarlo. Quería sentir sus labios contra los míos. Quería su lengua en mi boca. Quería sentirlo, quería saber a qué sabía. Necesitaba saberlo.

Necesitaba sentir sus labios, su lengua...

Necesitaba... Necesitaba...

...Hacer mi trabajo.

Soltando mis manos de él, respiré profundamente y di un paso atrás. Ellie le dio a Cameron su teléfono.

—Podéis bailar para mí cuando queráis —gimió, abanicando su cara dramáticamente con la mano—. Ahora, necesito encontrar un hombre para apagar este fuego. —Nos lanzó un beso a los dos y se alejó.

Antes de que Cameron pudiera hablar, le conduje fuera de la pista de baile a un rincón más tranquilo. De cara a él, bajé mi mano y reajusté mi estrangulada erección y Cameron no pudo disimular su sorpresa ante mi descarada admisión de estar excitado.

Me encogí de hombros.

—Me estabas matando ahí fuera —señalé con la cabeza hacia la pista de baile.

Miré con atención su entrepierna o, más importante, el bulto demasiado evidente en sus jeans.

—Matándote a ti también, ¿eh?

Vale, *eso* hizo que su mandíbula cayera.

—Vamos —le sonreí guiándolo hacia la salida—. Ese puto reloj que tienes en casa está haciendo tic-tac sin nosotros.

7

ESTOY... JODIDAMENTE LOCO

IBA tranquilo en el taxi desde el club hasta su casa, pero llevaba esa sonrisa inducida por el whisky. Los dos íbamos en el asiento trasero del taxi y agradecí la pequeña distancia que nos separaba. El aire fresco parecía haber despejado mi cerebro empañado por Cameron.

Y el aire fresco parecía haber golpeado con fuerza a Cameron. ¿Quién iba a decir que el aire fresco mezclado con seis o siete copas de licor haría que sus pies se tambalearan aún más? Se balanceó y cayó contra mí y tuve que ayudarle a subir al taxi.

Ahora sonreía y se reía a carcajadas.

—¿Qué es tan gracioso? —le pregunté.

—Nada —se rio.

Que me jodan. Cameron Fletcher se rio.

—Cuéntamelo.

—Mm mm —negó con la cabeza, luego trató de leer la hora en su reloj. Entrecerró los ojos y se llevó la muñeca a la cara—. ¿Qué hora es?

—Tarde —le dije—. O temprano, más bien. Es hora de que estemos en la cama.

Sus ojos se abrieron aún más mientras sonreía y se inclinaba hacia mí.

—¿De verdad? ¿Es así?

—Ya sabes lo que quiero decir.

—No deberías decirme esas cosas —balbuceó—. Ha pasado mucho tiempo para mí.

Mierda.

Ahora fueron mis ojos los que se abrieron de par en par, y mi sonrisa aún más, pero el taxista nos interrumpió.

—¡Chicos! Hemos llegado.

Rápidamente le di al taxista la tarifa y ayudé a Cameron a salir del coche. Probablemente podría haberse puesto de pie por sí mismo, pero entonces no habría tenido una excusa para poner mi brazo alrededor de su cintura. Y él no habría tenido excusa para rodearme con su brazo.

Nos dirigimos a trompicones hacia los escalones de su porche.

—¿Estás bien, campeón? —pregunté.

Cameron dejó de caminar.

—¿Campeón? ¿Qué clase de apodo es ese?

—¿Cómo quieres que te llame? —pregunté—. Deportista, compañero, colega, amigo...

Se enderezó y me tocó el pecho.

—Puedes llamarme; el mejor que nunca has tenido.

Se rio de mi expresión y sacó una llave de su bolsillo. Se la quité, pensando que tenía más posibilidades de conseguir abrir la puerta y le ayudé a subir las escaleras. Lo apoyé contra la puerta principal y me acerqué más de lo que podría considerarse educado.

—El mejor, ¿eh? —pregunté con mi cara a escasos centímetros de la suya.

Se rio y asintió mientras su sonrisa se apagaba. Me miró con *esa* mirada, abrí la puerta y casi se cayó dentro. Lo atrapé antes de que cayera al suelo, cerré la puerta de entrada empujándola con mi pierna y ayudé a Cameron a entrar en el salón. Lo guie al sofá y arrastré la mesa de centro. Sentado en ella, me quité rápidamente los zapatos y los calcetines antes de coger el pie derecho de Cameron y quitarle el zapato.

Me miró. No dijo ni una puta palabra. Se limitó a levantar su pierna izquierda y dejarla caer sobre mi muslo, así que también le quité ese zapato.

Y él me miraba. Su cabeza estaba apoyada en el respaldo del sofá, sus ojos estaban fijos en mi cara. Lentamente, sonrió.

Evitando su mirada, miré entonces hacia abajo, a sus pies cubiertos por los calcetines con rayas de Barrio Sésamo. Malditos Bert y Ernie.

Enganché mis dedos bajo la parte superior de su calcetín y se lo quité también.

—Lo siento Bert tienes que irte. —Y luego hice lo mismo con el otro pie—. Tú también, Ernie. Divertíos en el baño, chicos.

Eso hizo reír a Cameron.

Y por supuesto, luego giró sus pies para que los mirara.

Que me jodan.

Largos, pálidos y sin bello. Hermosa estructura ósea, arcos impecables, sus dedos eran perfectos. Dulce bebé Jesús, tenía los dedos de los pies perfectos.

Tuve que lamerme los labios y tragar, porque mi boca estaba repentinamente seca.

—¿Quieres un momento a solas con ellos? —preguntó intentando no reírse. Qué gracioso el bastardo.

Me puse de pie, dejando que sus pies cayeran sobre la mesa de café, y luego me incliné y lo empujé hacia atrás hasta que quedó tumbado de espaldas. Jadeó cuando le pasé las manos por las caderas hasta encontrar lo que buscaba. Busqué en su bolsillo y extraje su teléfono.

Lo sostuve, le agarré la mano y tiré de él para que se sentara.

—¿Qué creías que estaba buscando Cameron? —le pregunté sugestivamente. Giré el teléfono en mi mano y le miré a los ojos oscurecidos—. De todos modos, olvida mi obsesión por los pies —le dije—, y yo dejaré tu obsesión por los calcetines en paz.

Se rio y me senté a su lado.

Sólo que no me *senté* a su lado. Me acurruqué contra él, muy cerca, recostando mi cabeza en su pecho, empujé mis pies contra los suyos. Mi pie izquierdo rozó su pie derecho, y mi pie derecho se apoyó sobre el suyo.

Cameron se quedó inmóvil, sin saber qué hacer. Era un poco extraño, es cierto. Pero también era un poco jodidamente bueno.

Levanté el teléfono y tomé algunas fotos de nuestros pies. Moví los pies un poco, tratando de conseguir diferentes ángulos, pero dejando muy claro que se trataba de dos hombres en una posición íntima pero no sexual, simplemente tumbados en el sofá.

Demasiado limitado para las fotos en esta posición, me levanté y arrastré a Cameron a la cocina conmigo. Me di cuenta de que su entusiasmo empezaba a disminuir y el cansancio ocupaba su lugar.

—Sólo unas cuantas más —dije sabiendo que no querría estar tan cerca de mí a la luz del día.

Le situé contra la encimera de la cocina y me metí entre sus piernas. El ángulo no era tan bueno, pero el cambio de posición sí lo era, al menos para unas cuantas fotos. Cameron tenía sus manos en mis caderas y apoyó su frente en mi hombro. Podía sentir el calor de su aliento en mi piel y por un largo momento, me olvidé del teléfono en mi mano. Sólo podía pensar en él.

En lo cerca que estaba. En cómo se sentía.

En cómo olía.

Tenía que controlar este deseo, esta necesidad. Estaba aquí para hacer un trabajo...

Pero estaba en su cocina, después de una noche de copas y baile, apretando mis caderas contra las suyas, queriendo hacer mucho más.

Mucho. Mucho. Más.

Cameron se dio cuenta de que había dejado de hacer fotos y levantó la cabeza de mi hombro para mirarme. Sabía que veía lo que yo no quería que viera. Podía verlo. Podía sentirlo. Sabía que podía.

Lo quería.

No sólo lo *quería*.

Me estaba empezando a *gustar* de verdad.

Joder.

Se lamió los labios y se inclinó hacia delante y me di cuenta de que estaba a punto de besarme. Y me entró el pánico.

Quería hacerlo. Joder, quería hacerlo. Pero teníamos que concentrarnos en el trabajo.

Antes de que sus labios se encontraran con los míos, susurré:

—Date la vuelta.

Sus ojos se cerraron y tragó saliva, pero lo hizo. Lentamente, se dio la vuelta, de modo que quedó de cara al mostrador, y su culo vestido con los vaqueros quedó frente a mi polla. Rodeé su cintura con mi mano libre y lo atraje hacia mí.

Oh, joder.

De alguna manera, me las arreglé para tomar algunas

fotos de nuestros pies. Bueno, creo que lo hice. Al menos, esperaba que así fuera. Él gimió, y con mi mano incliné su hombro hacia la encimera.

No pude evitarlo. Empujé contra él casi con brusquedad, de modo que sus talones abandonaron el suelo mientras se inclinaba hacia delante sobre las puntas de los pies. Con mis pies entre los suyos en estas fotos, no se podía confundir nuestra posición.

Cameron gimió contra la encimera de la cocina.

—Oh, joder.

Puse el teléfono en la encimera junto a él y le agarré por la parte superior de los hombros, tirando de él hacia arriba. Le susurré en la nuca.

—No me tientes.

Se movió tan rápido que apenas lo vi, pero se volvió hacia mí y con dos manos fuertes y en dos largas zancadas, me empujó contra la nevera. Su pecho se agitaba, sus ojos eran oscuros y salvajes. Podía sentir todo su frente contra el mío.

Estaba duro.

Y yo también.

Sus ojos pasaron de mis ojos a mis labios y supe que era el momento. Iba a besarme.

Y yo iba a dejarlo.

Debió ver el consentimiento en mis ojos porque entonces sus labios estaban sobre los míos. Sedosos, cálidos y húmedos, sus labios se abrieron y se cerraron. No era un primer beso casto.

Era exigente, urgente, y mi boca se abrió para probarlo, para sentir su lengua, para saborearlo.

Joder.

Johnnie Walker y Cameron Fletcher.

Su lengua invadió mi boca y todos los pensamientos

coherentes fueron sustituidos por destellos de calor a través de mis venas y la piel de gallina.

Mis manos sujetaron su cara y pude sentir su mandíbula trabajando, abriéndose y cerrándose, mientras nos besábamos. Algo en mi cerebro me decía que parara.

Pero en lugar de apartar su boca, mis manos lo sujetaron con más fuerza.

En lugar de decirle que no deberíamos estar haciendo esto, los únicos sonidos que pude emitir fueron gemidos.

En lugar de resistirme a él, en lugar de detener este beso, este maldito y delicioso beso, lo besé con más necesidad.

Él gimió, y allí mismo, en su cocina, contra su nevera, lo deseé. Quería sentir su pulso en mi mano, en mi boca. Quería probar su sudor. Quería probar su semilla. Quería follar con él. Quería que él me follara a mí.

Bajé mis manos por su pecho, sus costillas, hasta sus caderas y lo atraje bruscamente hacia mí, presionando nuestras pollas. Aparté mi boca de la suya, para respirar, para decirle lo que quería.

—Para.

La palabra, aunque apenas era un suspiro, sonó fuerte y definida.

Y cuando se apartó, con los ojos abatidos, me di cuenta de que la palabra vino de mí.

Se alejó, con los labios hinchados, la respiración agitada y el rechazo escrito claramente en su rostro.

—Cameron —dije tratando de recuperar el aliento.

Levantó la mano para detenerme y negó con la cabeza, alejándose un paso más de mí.

—No lo hagas.

Me apresuré a acortar la distancia entre nosotros y le

agarré del brazo. Pensó que le había rechazado. Estaba herido. Le había hecho daño.

—Mírame —le dije. Lo hizo, pero sus ojos eran cautelosos y estaban a la defensiva. Tomé su mano y la sostuve contra mi erección—. ¿Sientes eso?

Sus ojos se abrieron de par en par, pero jadeó y asintió.

—¿Sientes lo que me haces? —le pregunté—. Tienes que saber Cameron, que *quiero* hacerlo... pero no así. No borracho, no a las tres de la madrugada —señalé con la cabeza la otra habitación—. Y no con ese puto reloj haciendo tictac sobre nosotros. Tenemos que terminar este trabajo. Tenemos que concentrarnos en eso.

Y creo que lo entendió.

—Quise decir lo que dije esta noche —le dije—. Cuando hayamos conseguido este contrato, saldremos de nuevo. Cuando no estemos trabajando, lo haremos bien.

Su cara cayó. Bajó la mirada, pero asintió.

Le toqué la cara y mi gesto hizo que me mirara. Me incliné y le besé la mejilla.

—Vete a la cama. Yo terminaré aquí abajo.

Sonrió, más o menos, se dio la vuelta y salió. Le oí subir las escaleras y luego me quedé solo.

Acababa de rechazar a Cameron Fletcher.

Acababa de rechazar al maldito Cameron Fletcher.

Me *dolía* la polla y tenía unas ganas terribles de golpearme la cabeza contra la encimera de la cocina. Tal vez la falta de sueño y el exceso de trabajo me llevaron a la locura, porque Lucas Hensley no rechazaba a hombres como Cameron Fletcher.

Excepto que acababa de hacerlo.

Apagué las luces, subí las escaleras, me metí en la cama e intenté no pensar en lo que eso significaba.

8

ESTOY... JODIDAMENTE CONFUNDIDO

NO HE DORMIDO. En absoluto. Ni una cabezada.

Normalmente, unas cuantas copas me hacen apagar como una luz. Pero esta noche no. Ignoré mi erección que protestaba. Mi propia polla me odiaba porque le negaba algo de Cameron Fletcher.

Joder.

Todavía no sabía por qué nos había detenido. Lo sabía, lo *sabía*, estábamos a dos minutos de quitarnos la ropa e ir por el sexo. Pero tuve que decir basta.

El dolor de mis pelotas fue mi recompensa. No me molesté en masturbarme. Disfruté de la incomodidad porque me servía de algo.

¿En qué coño estaba pensando?

Bueno, yo sabía en lo que estaba pensando... Estaba pensando que quería tomarme mi tiempo con Cameron. Quería hacerlo bien, no ser un polvo rápido del que se arrepentiría. Estaba pensando que me estaba empezando a gustar.

La realización me hizo gemir. ¿En qué coño estaba pensando?

Estaba hablando de Cameron Fletcher. El hombre con el que trabajaba, que tenía hielo en las venas. Era frío, distante y condescendiente.

Excepto que no lo era.

No el tipo con el que había pasado las últimas treinta y tantas horas. El tipo que era inteligente, divertido, y tenía una obsesión con los calcetines de dibujos animados. El tipo que era gay, sexi como el infierno, y al que casi me tiro en su cocina porque lo deseaba.

Sí, ese tipo.

El tipo que todavía estaba en el armario.

Él.

En el que no podía dejar de pensar.

Joder.

Echando las sábanas hacia atrás, me puse los vaqueros y una camiseta. Eran las 4:30 de la mañana, y si no estaba durmiendo, bien podía hacer algo de trabajo. Encontré un poco de Tylenol en el cuarto de baño para el dolor de cabeza, bajé las escaleras, puse el dial de la cafetera en "date prisa" y me preparé una taza lo suficientemente fuerte como para despertar a los muertos.

Me senté en una silla de la mesa del comedor, cogí el teléfono de Cameron y mi portátil y me puse a trabajar. En primer lugar, las imágenes de mi improvisada entrevista con el público en el club nocturno, utilizando suministros de Lurex como cebo. Era duro, pero era real.

Lo quería sin editar.

Quería que Lurex escuchara lo que querían los hombres gays de verdad, no una encuesta en la que la gente dijera lo que creía que quería oír.

Cargué las imágenes en mi ordenador y las guardé tal y como estaban. Necesitaría algo de edición, algo de limpieza, pero no mucho.

La siguiente grabación era de nosotros bailando.

Primero guardé el archivo en mi portátil y, la verdad, me ponía nervioso verlo. Esperaba utilizar las imágenes fijas como fotografías, para que coincidieran -o fueran paralelas- con las imágenes de Ashley y Ben. Dos parejas en posiciones íntimas, pero sin dar preferencia a una pareja sobre la otra.

Representaríamos a ambas parejas como iguales. Porque lo eran.

Excepto que la pareja en la pista de baile no era realmente una pareja. Éramos Cameron y yo. No tenía ni idea de cómo habían quedado las imágenes, pero me ponía nervioso vernos juntos. Tenía miedo de que pudiera... gustarme.

Exhalé con fuerza y negué con mi cabeza cansada. Y por alguna razón, me giré para mirar el reloj de cuenta regresiva de Cameron. Maldita sea.

29:12

NOS QUEDABAN VEINTINUEVE PUTAS HORAS. De repente, no me importaron los nervios. Sólo le di a Reproducir.

Y nos vi. Ellie, nuestra extraordinaria videógrafa, hizo un buen trabajo. Se las arregló para no hacer tomas de toda la cara como le había pedido, pero se giró demasiado rápido, o hizo un paneo a través de nosotros demasiado rápido. Pero eso era bastante fácil de arreglar. Podía reducir la velocidad, cuadro a cuadro, si era necesario.

La pista de baile estaba más oscura de lo que recordaba y las luces estroboscópicas y el ruido me hacían palpitar la cabeza. Bajé el sonido y ajusté el contraste de la pantalla para minimizar las luces que quemaban la retina.

Y observé cómo dos cuerpos bailaban y se movían, uno sin camiseta y otro con una camiseta ajustada.

Observé cómo las manos y los dedos errantes se clavaban en la piel. Observé cómo unos dedos delgados rozaban la cintura de unos vaqueros de tiro bajo y cómo unas manos familiares se introducían en la espalda de la camiseta. Vi cómo las caderas se movían y se mecían, y cómo los estómagos se presionaban.

Luego los cuerpos cambiaron de posición. Seguían moviéndose, balanceándose, bailando, pero ahora el pecho desnudo se apretaba contra la espalda de la camiseta gris ajustada. Unas manos grandes se envolvían con los dedos bien abiertos frotando los costados, los abdominales.

Mis manos.

En Cameron.

Así. Agarrando, sujetando, acariciando con las yemas de los dedos por su estómago y mi polla presionada contra su culo, mi pecho contra su espalda.

Joder.

No estaba mirando a una pareja anónima al azar. Nos estaba viendo a nosotros. Y estábamos jodidamente calientes.

Entonces cambiamos de posición. Realmente no lo recordaba así detrás de mí, pero ahí estaba en el vídeo, ante mis propios ojos. Sus caderas contra mi culo, su pecho contra mi espalda. Unos dedos largos y pálidos recorrían desde mis costillas hasta mis muslos, las manos de Cameron, sobre mi cuerpo. Oh, es cierto... cuando estábamos así fue cuando me susurró al oído. Eso fue cuando básicamente me preguntó si yo era activo o pasivo....

Pude ver en la grabación lo duro que estaba. Un maldito

bulto en mis jeans del tamaño de mí estado. Dios, sabía que me la había puesto dura en la pista de baile, pero verlo... Y entonces, como si verlo en la pantalla me hiciera darme cuenta, fui muy consciente del dolor que se agitaba en mi polla. Joder, hasta vernos se me estaba poniendo duro.

Tenía que concentrarme. No podía poner en peligro este contrato porque mi puta polla no se comportara. Podía pasarme el resto de la semana masturbándome si quería, y probablemente lo haría, pero aquí y ahora tenía que terminar esto.

Terminé mi café y me serví otro, deliberadamente sin pensar en mi polla. Pensé en el cabreo -o peor aún, en la decepción- que se llevaría el señor Fletcher si no conseguíamos el contrato. Pensé en lo decepcionado que estaría yo si no conseguíamos este acuerdo, y pude sentir cómo se disipaba el dolor. Lo que significaría para mi trabajo...

A mi polla tampoco le gustaba la idea del fracaso.

Incluso mientras veía las imágenes de nosotros bailando dos veces más, mi polla se comportó. Perdí la mentalidad de verme con Cameron y me centré en las tomas, los ángulos y lo que se podía arreglar digitalmente y lo que no. Lo recorté, convertí las imágenes en fotogramas, como hice ayer con las fotografías de Ashley y Ben.

Gracias a Dios por la era digital.

Pero entonces, *entonces*, miré las fotos que tomé de los pies de Cameron y los míos. No había calcetines, su piel desnuda estaba sobre la mía; sus pies perfectos sobre la mesa de café, mis piernas apoyadas sobre las suyas, nuestros pies metidos juntos.

Eran jodidamente hermosos.

Me quedé mirando las fotos de nuestros pies durante mucho tiempo, tomándome mi tiempo con cada una de ellas. Hasta que llegué a las fotos de nosotros en la cocina...

Santa.

Mierda.

Había dos fotos, el ángulo estaba un poco torcido, pero me dejaron sin aliento. Y me pusieron la polla dura. Otra vez.

Obviamente, yo estaba de pie detrás de Cameron, sus pies miraban hacia el armario de la cocina, bien abiertos, con mis pies entre los suyos. Él estaba en puntas de pie, sus talones estaban elevados sobre el suelo y mis rodillas estaban ligeramente dobladas, empujando hacia él.

Si estuviéramos desnudos y follando, estaría muy dentro de él. Estaría empujando dentro de él, alcanzando ángulos para hacerle gemir, mientras lo inclinaba sobre la encimera de la cocina, follándome su culo....

Pero no estábamos desnudos.

Me ajusté la polla y me palmeé para aliviar la presión, pero eso sólo lo empeoró. Así que lo hice de nuevo, mientras comprobaba cómo se veían sus pies conmigo de pie entre ellos.

Y volví a palparme la polla, incapaz de apartar la vista de cómo los arcos de sus pies eran perfectos, cómo los dedos de sus pies estaban doblados y se flexionaban de forma tan bonita... cómo... oh, joder.

No podía masturbarme en el comedor de Cameron. Eso sería simplemente desagradable. Pero gemí, sabiendo que esta erección no sería ignorada. Comprobé la hora en el estúpido reloj de Cameron.

27:30

. . .

ESTABA DEMASIADO cansado para saber qué era eso en tiempo real. Así que me quité la camiseta y la lancé al estúpido reloj de Cameron, y comprobé la hora en su teléfono.

6:30 AM. Perfecto.

Hora de la ducha matutina.

Tan pronto como el agua caliente corrió sobre mi cabeza, tuve mi polla en la mano. No fueron los azulejos lo que vi, oh diablos no. Las imágenes que veía cuando cerraba los ojos eran de Cameron, y las encimeras de la cocina y los pies y su culo desnudo y mi polla enterrada profundamente en él.

Y no era el jabón líquido que usaba como lubricante en mi puño para bombearme lo que se sentía resbaladizo y apretado. Era el culo de Cameron mientras lo follaba, alimentando cada centímetro, follando duro. Sus nudillos estaban blancos mientras se aferraba y yo embestía mi polla dentro de él. Estaba inclinado sobre la encimera de la isla, y gemía y gruñía y su culo apretaba mi polla mientras se corría...

Con fuerza. Me corrí con tanta fuerza que mis rodillas casi ceden. Las imágenes que tenía en mi mente de la follada con Cameron me hicieron estremecer mientras mi mano exprimía las últimas gotas de semen de mi polla. Todavía podía verle, en mi mente, cómo se retorcía debajo de mí, montando su orgasmo con el mío, su cuerpo largo y musculoso, sudoroso y relajado por el placer. Mi polla, flácida y pesada, se agitó por última vez en mi mano.

Fui consciente de los sonidos del agua y del calor que desprendía sobre mi piel mientras mis sentidos volvían a estar presentes. Me pesaban los párpados, pero abrí los ojos. Estaba agotado. Mi orgasmo me había dejado jodidamente cansado. Cansado, pero relajado y si tenía que pasar todo el día trabajando cerca de Cameron, menos mal que acababa de hacerme una paja.

Me sequé, me até la toalla a la cintura y salí del baño.

La puerta de Cameron estaba ligeramente abierta y traté de no mirar dentro. Pero, por supuesto, no pude evitarlo, así que lo hice.

Estaba tumbado boca abajo, con los brazos levantados, bajo la almohada. No pude ver su cara, sólo la parte posterior de su cabeza, pero todavía estaba profundamente dormido. Probablemente se iba a enfadar conmigo por dejarle dormir. En realidad, probablemente no me hablaría después de que detuviera nuestro "aquí te pillo, aquí te mato" en la cocina.

No tenía ni idea de cómo reaccionaría ante mí a la luz sobria del día ni de lo incómodo que sería entre nosotros. Dejé a un Cameron dormido, me vestí y bajé las escaleras, preguntándome cómo sería nuestro día. Nos quedaban unas veintisiete horas y si no me hablaba, iban a ser unas jodidas y largas veintisiete horas.

Me pregunté cuánto tiempo más debía dejarlo dormir, cuando su teléfono sonó. No podía contestar. Pero *pude* mirar el identificador de llamadas.

Mamá.

Dejé que el teléfono sonara, pensando que su madre dejaría un mensaje y él podría llamarla cuando se despertara. Pero entonces un mensaje se desplazó por su pantalla.

Estamos recogiendo el desayuno. Estaremos allí en 10 minutos.

Lo leí, y luego lo volví a leer.

Estamos recogiendo el desayuno.

Estamos... como en...

Mierda.

La señora *y* el señor Fletcher.

El padre de Cameron, mi jefe, iba a llegar en diez malditos minutos.

Dejé su teléfono sobre la mesa y corrí escaleras arriba, directo a su habitación.

—¡Cameron!

Se giró y levantó la vista, sobresaltado.

—¿Qué? ¿Eh? —Sus ojos tardaron un momento en centrarse en mí, y su cabeza cayó sobre la almohada con un gemido—. Mi cabeza.

Me reí.

—No tienes tiempo para tener resaca —le dije—. Tu madre y tu padre llegarán en nueve minutos.

Enterró la cara en la almohada.

—Ajá.

Le quité la almohada de la cara y le retiré la manta hasta la cintura. Pude ver la ropa interior, así que como no estaba desnudo, le cogí de la mano y tiré de él para sacarlo de la cama, hacia el baño.

—¿Qué coño estás haciendo? —protestó.

Lo arrastré al baño.

—Tu padre va a venir a ver la campaña. Tienes que parecer vivo al menos. —Lo rodeé, abrí la ducha y luego me volví y le miré.

Cameron. En ropa interior.

Su torso esculpido, sus abdominales definidos y sus calzoncillos negros contrastaban perfectamente con su piel pálida. Podía ver la pesada silueta de su polla a través del material oscuro....

Jódeme.

Ni siquiera traté de ocultar mi mirada. Se restregó las manos por la cara y cuando abrió los ojos, me miró fijamente.

—¿Has terminado de mirar?

—No. Ni siquiera cerca.

Me miró, con una mezcla de resaca, diversión e irritación.

—Siete minutos.

—Oh, necesitaré más tiempo que eso contigo.

Se quedó con la boca abierta. Luego añadió:

—Quería decir hasta que llegue papá.

Oh, claro. Le sonreí.

—Sólo tienes cinco minutos para estar duchado, vestido y abajo —le dije—. No te afeites. La barba recién salida te sienta bien —le dije. Era la verdad, le quedaba bien. Llegué a la puerta y me di la vuelta para añadir—: Y nada de pajas. No tienes tiempo.

Sus ojos se entrecerraron.

—¿Has terminado?

—Oh, terminé de masturbarme en tu ducha hace una hora. —Y ahí estaba yo pensando que iba a ser incómodo entre nosotros.

Sonriendo, le dejé con la boca abierta y bajé a prepararme para el jefe.

9

ESTOY... MALHUMORADO, IRASCIBLE Y JODIDAMENTE CANSADO

27:12

PARA CUANDO LLEGARON los padres de Cameron, ya tenía casi todo ordenado. Había recogido nuestros zapatos de donde los habíamos dejado la noche anterior y había metido a Bert y Ernie en la lavandería. Había ordenado los montones de papeles sin perturbar demasiado pero haciendo que pareciera más organizado y había rellenado la cafetera.

Cuando sonó el timbre, abrí la puerta y me sorprendió bastante lo que vi. Era el señor Fletcher y una mujer que supuse que era la madre de Cameron, salvo que habían desaparecido el traje de Armani y la disposición de superioridad. El jefe llevaba pantalones caqui y un polo, sonriendo y sosteniendo una caja de bolsas de delicatessen.

Charló mientras entraba, dirigiéndose directamente a la cocina, contándome cómo Cynthia insistió en los pasteles favoritos de Cameron para desayunar, a pesar de tener que atravesar la ciudad para conseguirlos. Ella reprendió suavemente a su marido, sonriéndome mientras lo hacía.

El Sr. Fletcher era un hombre diferente. Es decir, era el mismo hombre, excepto que no lo era. ¿Qué pasaba con los hombres Fletcher y sus personajes de oficina?

—Lucas, me gustaría que conocieras a la madre de Cameron, mi esposa Cynthia —dijo el Sr. Fletcher con calidez.

—Buenos días, señora —dije inclinando mi sombrero imaginario y la señora Fletcher me sonrió cálidamente.

Empecé a servir cafés justo cuando Cameron entró en la cocina. Sonrió a su padre y besó la mejilla de su madre. Sabiendo que su cabeza palpitante probablemente lo estaba matando, le entregué un café. Miré sus pies, porque bueno, siempre miraba los pies de la gente, y él estaba descalzo.

Miré desde sus putos pies perfectos hasta su puta cara perfecta y sonreí. Él me devolvió la sonrisa. Fue una sonrisa pequeña, quizá burlona, quizá agradecida, pero mientras su padre le preguntaba algo, vi que la señora Fletcher estaba mirando el intercambio entre su hijo y yo. Me sonrió con una sonrisa de complicidad en sus ojos.

Ella lo sabía.

Lo sabía. Ashley lo sabía. Simona lo sabía. Los únicos que no lo sabían eran el hermano y el padre de Cameron.

Los hombres.

Desviando su atención, le pregunté:

—¿Café, Sra. Fletcher?

—Oh, sí, querido, por favor. Y Lucas, por favor, llámame Cynthia.

Le sonreí.

—Lo siento, señora, pero mi madre estaría en el primer avión a Chicago para curtirme el pellejo si alguna vez llamara a una dama por su nombre de pila.

Ella soltó una risita y entonces me di cuenta de que el Sr. Fletcher y Cameron nos estaban mirando. El padre sonreía y el hijo estaba un poco perplejo, creo, porque yo estaba haciendo reír a su madre.

Le entregué al sonriente señor Fletcher su café y le ofrecí azúcar y crema a la señora Fletcher.

Ella, a su vez, nos ofreció la selección de pasteles que habían traído.

Y entonces el Sr. Fletcher hizo la pregunta de los veinte millones de dólares.

—Entonces, ¿qué vais a llevar para Lurex?

Miré a Cameron, y pude ver que estaba atascado. Porque al decirle a su padre la vía que estábamos tomando, al mostrarle las fotos que habíamos tomado y el material que teníamos, en la forma en que estaba ahora, estaría dando más que nuestra campaña.

Estaría saliendo a la luz.

Así que respondí por él.

—Si te parece bien, Cameron, prefiero no decirlo ahora mismo.

Ambos me miraron; Cameron se sintió aliviado, su padre sorprendido y curioso. No quería cabrear al Sr. Fletcher ni menoscabar su inteligencia, así que le expliqué:

—De momento, es un producto sin editar y en bruto y no quiero que pienses que no estamos cumpliendo los plazos. Lo estamos, pero aún hay que darle forma.

El Sr. Fletcher frunció el ceño.

—¿Hay algo que pueda hacer para ayudar?

—Sí. —Asentí mientras daba un sorbo a mi café—. Necesitaremos acceso al departamento de arte y gráficos de la oficina central sobre las cuatro de la tarde.

—De acuerdo. —Asintió con seriedad—. No hay problema. Puedo organizarlo. —Parecía más feliz ahora que estaba aportando algo—. Parecéis cansados. Ha salido el sol, deberíamos sentarnos fuera para que os dé el sol.

Con eso, recogimos nuestros cafés y pasteles y salimos al patio trasero. Ni siquiera sabía que Cameron tenía un patio. Sentado al aire libre, tuve que admitir que el sol se sentía bien. Mi cabeza cayó hacia atrás y el sol en mi cara calentó mi piel.

La voz del Sr. Fletcher impidió que me durmiera.

—¿Extrañas el sol de Texas?

Mis ojos se abrieron de mala gana y lo miré.

—Mmm, a veces —admití, algo adormilado.

—Jesús, Lucas —resopló el padre de Cameron—. ¿Has dormido algo?

Sonreí.

—Anoche, no.

Cameron me miró fijamente. Miré a su padre y le expliqué:

—Tengo muchas cosas en la cabeza. —Deliberadamente no miré a Cameron, aunque podía sentir sus ojos sobre mí, y terminé mi café—. Puedo dormir mañana, después de la reunión.

La señora Fletcher me chasqueó la lengua, como hacía mi madre y el señor Fletcher entrecerró los ojos hacia mí y luego hacia su hijo.

—Cameron, asegúrate de que duerma un *poco*. Acuéstalo tú mismo si es necesario.

Cameron tosió, casi atragantándose con su panecillo, y murmuró algo que no pude entender.

La señora Fletcher cambió de tema, salvando a su hijo de una mayor vergüenza.

—Así que, Tobias me ha dicho que es un gran contrato.

Sonreí y asentí, y ella insistió en el tema:

—Decidme, ¿para qué os tiene mi querido marido trabajando todo el fin de semana? Lurex, ¿no es así?

Le contesté con sinceridad.

—Sí, señora. Condones y lubricante, ah, lubricación personal, señora.

Los ojos de Cameron se abrieron y me miró fijamente. La señora Fletcher se inclinó y le dio unas palmaditas en el brazo.

—Está bien, Cameron. Condones o copos de maíz, es sólo un producto más.

Puso los ojos en blanco.

—Ya lo sé, mamá.

—Entonces, contadme —dijo ella tomando un sorbo de su café con una sonrisa—. ¿Cómo hacéis para investigar sus productos?

Le sonreí, pero Cameron respondió primero.

—En primer lugar, miramos los mercados, las tendencias, los porcentajes de ventas, la investigación de objetivos... ya sabes, condones o copos de maíz, es todo lo mismo, un producto más.

Ella le miró, él le sonrió y ella se rio. El señor Fletcher negó con la cabeza.

La sonrisa de la madre de Cameron se desvaneció.

—Salvo que no tener copos de maíz, a diferencia de los condones, no cambiará el curso de tu vida —dijo suavemente. Luego explicó—: Hago algunos trabajos voluntarios en la casa de reposo local para personas que viven con el VIH... A veces no te cuesta el precio de un preservativo. A veces te cuesta mucho más.

El Sr. Fletcher empezó a hablar de la financiación de la casa de reposo, pero yo no estaba prestando mucha atención. Estaba mirando a Cameron. Podía ver su cara de *estoy pensando*, pero lo único que podía hacer era intentar no bostezar. Levantándome, agradecí a los padres de Cameron por el desayuno, alegando la necesidad de volver al trabajo, pero la verdad es que el calor del sol me estaba adormeciendo.

De vuelta al interior, me serví otro café, tratando de despertarme. Cameron charló con sus padres durante unos minutos y poco después, entraron para despedirse. Cuando la señora Fletcher dijo que había sido un placer conocerme, me incliné el sombrero invisible y le dije:

—El placer fue mío, señora.

Ella sonrió ante el gesto, Cameron puso los ojos en blanco y el señor Fletcher sonrió.

Cuando los padres de Cameron se hubieron ido, entró directamente en la cocina.

—¿No has dormido nada? ¿Trabajaste toda la noche? —No sabría decir si estaba cabreado o preocupado.

Negué con la cabeza.

—No, *intenté* dormir. Estaba un poco distraído por nuestro encuentro en tu cocina.

—Ah. —Suspiró y se pasó las manos por el cabello, apoyándose en la encimera junto a mí. Antes de que pudiera preocuparme demasiado de que fuera incómodo entre nosotros, volvió a suspirar—. Gracias.

Lo miré, levantando una ceja interrogativa.

—¿Por qué?

—Por despertarme —dijo—. Mi padre se habría cabreado si llegara aquí y yo estuviera dormido y tú trabajando.

—Te habría cubierto —le dije.

Resopló y sonrió antes de frotarse las sienes.

—¿Cómo supiste que estaban de camino?

—Tenía tu teléfono conectado a mi portátil, trabajando en las grabaciones y las fotos —le dije—. No contesté, lo juro. Vi que era el número de tu madre y luego un mensaje de texto se desplazó por la pantalla diciendo que estarían aquí en diez minutos.

Asintió.

—Está bien. Gracias de todos modos.

Miré al suelo delante de nosotros y pude ver sus bonitos pies descalzos asomando por debajo de los vaqueros. Golpeé mi pie con calcetín sobre el suyo desnudo y le sonreí.

—¿Te burlas de mí con los pies descalzos, eh?

Se rio.

—Por el comentario que me dijiste en el baño.

Ah, es cierto. Le dije que me había masturbado en su ducha. Sonreí y me encogí de hombros sin vergüenza.

—Bueno, ver las imágenes de nosotros bailando ya fue malo, pero luego vi las fotos de nuestros pies.

Tragó visiblemente, gimió y negó con la cabeza.

—¿Cómo quedaron?

—Echa un vistazo —dije, sonriendo. Me dirigí a la mesa del comedor y abrí mi portátil. Primero empecé con las imágenes sin editar de nosotros bailando.

No miré la pantalla. Le miré a él.

Tenía los ojos muy abiertos y tragó saliva varias veces.

—Jesús —fue todo lo que pudo decir cuando terminó.

Le sonreí y comencé la presentación de las fotos de los pies. La pantalla se detuvo en la última. La de nosotros en la cocina, con él en puntas de pie inclinado, y yo detrás de él, presionando mi polla contra su culo y empujándolo contra la encimera de la cocina.

Me miró y tragó saliva. Tenía los ojos muy abiertos y oscuros, y se lamió los labios. Golpeé la pantalla del portátil.

—De ahí mi necesidad de masturbarme en la ducha.

Asintió y me reí. Pero estaba mirando las fotos y su ceño se frunció.

—Gracias... por no dejar que mi padre las viera. Él sabría que era yo. —Tragó saliva y luego susurró—: Oh, Dios. Va a saber que soy yo.

Lo miré entonces; sus ojos estaban abatidos.

—Oye —dije haciendo que me mirara—. Te voy a enseñar lo que he empezado a hacer con las imágenes y las fotos. Te prometo que cuando esté acabado, nunca lo adivinaría.

Asintió y me dedicó una sonrisa triste. Le mostré lo que había empezado a hacer a primera hora de la mañana. Pudo ver en qué dirección iba, hacia dónde quería que fueran las fotos. Le expliqué:

—Después de haber hecho las de Ashley y Ben ayer, en realidad sólo es cuestión de encontrar las nuestras que mejor encajen.

Asintió.

—Estas son buenas —dijo.

—Por supuesto que lo son. —Puse los ojos en blanco, intentando que sonriera. Funcionó. Pero entonces bostecé.

—Deberías acostarte un rato —dijo en voz baja.

Intenté objetar, pero sólo volví a bostezar.

—¿Me despertarás dentro de tres horas?

—Cuatro.

Puse los ojos en blanco y él sonrió.

—Seguiré con esto —dijo—. Te despertaré a las... —Miró su reloj de cuenta atrás, que tenía mi camiseta colocada por encima, y luego me miró a mí.

—Me molestaba —le dije con un mohín.

Él sonrió.

—Te despertaré en cuatro horas.

Asentí y subí mi cansado trasero por las escaleras,

quitándome la camiseta mientras avanzaba. La camiseta cayó al suelo cerca de mi bolsa y yo me dejé caer sobre la cama. No me molesté en quitarme los vaqueros ni en retirar las mantas.

Ni siquiera recuerdo haberme dormido.

22:35

LO SIGUIENTE QUE recuerdo es un horrible zumbido cerca de mi cabeza. Un maldito y estúpido zumbido. Mis manos buscaron a ciegas, tratando de callarlo, y lo encontré. Era mi teléfono. En la almohada. Cerca de mi cabeza.

La alarma de mi teléfono había sido programada para sonar. Yo no la puse....

Cameron. Cameron debía haberla puesto. Y entrado en la habitación mientras dormía para colocarlo en la almohada cerca de mi cabeza.

Bonita forma de venir a despertarme, gilipollas. Cogí mi teléfono y sin molestarme en ponerme una camiseta, bajé las escaleras para darle las gracias personalmente. No esperaba despertarme con un cuarteto de cuerda tocando Mozart, pero, por Dios, una puta alarma de teléfono en mi oído haciéndose pasar por un martillo neumático no era precisamente agradable.

No me había despertado de muy buen humor, pero esa no era la maldita cuestión. Nunca me despierto de buen humor, pero tampoco se trataba de eso.

Bajé las escaleras, atravesé el pasillo y entré en el salón.

—¡Cameron! —Pero no estaba allí. Así que fui a la cocina, y tampoco estaba allí—. ¡Cameron!

No hubo respuesta. Mierda.

En realidad, la casa estaba tranquila. Demasiado silenciosa.

Cameron no estaba en ninguna parte.

Justo antes de que me hirviera la sangre, mi teléfono zumbó en mi mano. El identificador de llamadas mostró su nombre.

Cameron.

No me molesté en hacer bromas. Respondí a su llamada.

—¿Dónde. Demonios. Estás?

10

NO SOY UN EXCURSIONISTA FELIZ

—EH... ¿Perdón?

—He dicho que dónde demonios estás.

Silencio.

Comprobé mi teléfono para ver si la línea había sido desconectada. No lo estaba. Todavía estaba allí.

—Entonces —odiaba repetirme—, ¿dónde estás? Y *muchas putas gracias* por despertarme.

Respiré profundamente. Sabía que estaba siendo poco razonable y un poco -o muy- inmaduro, así que intenté exhalar lentamente para calmarme de una puta vez.

—He puesto tu alarma —siseó a través del teléfono. Podía imaginarlo con la mandíbula apretada mientras hablaba—. Y te llamo ahora para asegurarme de que no te has vuelto a dormir. He terminado de editar lo que he podido de las fotos, *muchas putas gracias*, y he decidido añadir algo a la campaña, que te enseñaré cuando vuelva. Ahora mismo, si realmente quieres saberlo, estoy haciendo cola en la delicatessen. Iba a preguntarte si te gustaba el jamón o el pollo en tu ensalada, pero puedes comprarte algo para comer, *muchas putas gracias*.

La línea hizo clic en mi oído. *Ahora* la línea estaba desconectada.

Joder, joder, joder.

Tiré el teléfono sobre la mesa, aún más cabreado de lo que estaba hace cinco minutos. *Ahora* estaba cabreado porque había dormido siete horas en los últimos dos días, estaba cabreado porque, al parecer, ya había terminado de editar las fotos en bruto *y* había decidido añadir algo a la campaña sin consultarme, ni despertarme.

Pero más que nada, estaba cabreado porque ahora... *ahora* tenía que disculparse por ser un imbécil.

Resistiendo las ganas de gritar, me tiré del cabello, volví a respirar hondo y conté hasta diez. Primero en español, luego en inglés.

Y luego en francés.

Cuando me calmé lo suficiente, abrí el portátil y revisé lo que había hecho.

Ahora me sentía aún más imbécil.

Había terminado de hacer lo que yo había empezado, utilizando mis ideas, tal y como le había enseñado. Eran perfectas.

Ahora teníamos fotos casi idénticas de una pareja heterosexual y de una pareja del mismo sexo. Las mismas poses, las mismas posiciones, las tomas del cuerpo, con la parte delantera de Ben y las yemas de los dedos de Ashley por la cintura de sus vaqueros y luego Cameron y yo en la pista de baile. Yo estaba sin camiseta, y él estaba detrás de mí con sus manos en mi estómago, las yemas de sus dedos rozando dentro de mis vaqueros.

Luego las fotos de nuestros pies; había elegido la de Ben y Ashley de pie, con el pie de ella bordeando el dobladillo de los vaqueros de Ben. Y había utilizado la de nosotros, de pie en su cocina, en la que estábamos frente a frente, pero era diferente. Tardé un segundo en darme cuenta de que había invertido la imagen, haciendo que nuestra pose coincidiera con la de Ashley y Ben.

Muy inteligente, Cameron. Muy inteligente.

Ahora sólo teníamos que hacer un montaje final, ponerlos en los paneles de visualización y editar correctamente las imágenes de vídeo, para lo cual teníamos que ir a la oficina central. Miré el reloj de cuenta regresiva de Cameron.

21:47

SEGÚN MIS CÁLCULOS, deberíamos ser capaces de conseguirlo. Y tal vez, sólo tal vez, podría ir a casa y dormir durante seis horas completas. Entusiasmado por la idea, miré a mí alrededor para ver qué cosas podía empaquetar para llevarme a casa.

Recogí mis botas, mi chaqueta y la segunda bolsa de papel marrón de Lurex, la que contenía los consoladores, las sondas anales y los anillos para pene.

Al subir las escaleras, pensé que no tenía derecho a *todos* ellos, así que los volqué sobre la cama y los dividí por la mitad. Volví a meter la mitad de Cameron en la bolsa de papel marrón y los dejé en su cuarto de baño y luego metí la mía en mi bolsa de viaje, recogí todo lo que pude. Desmonté la cama, pensando que no la necesitaría esta noche, y llevé el brazado lleno de ropa de cama abajo justo cuando Cameron entraba por la puerta principal.

Me miró, pero no dijo nada, y atravesó la puerta del salón. Le seguí hasta la cocina y dejé la ropa sucia en la lavandería.

Puso uno de los dos contenedores de comida para llevar en el banco de la cocina.

—Supongo que has decidido no quedarte otra noche.

Negué la cabeza en señal de acuerdo.

—Deberíamos terminar —le dije—. Si nos dirigimos al trabajo en una hora más o menos, me imagino que podemos terminar esta noche y puedo ir a casa cuando hayamos terminado.

Sus cejas se elevaron y su ceño se frunció, asintió.

—Cameron, lo siento —le dije—. Por la forma en que te hablé por teléfono. No tengo ninguna excusa. Fui un imbécil y lo siento.

Su ceja se levantó un poco, y simplemente empujó el recipiente de comida para llevar hacia mí.

—Te he traído ensalada de jamón. Si no te gusta, mala suerte. —Y con eso, se alejó.

Así que supongo que mi disculpa no fue aceptada.

Joder.

Recogí el recipiente de la ensalada.

—Gracias —dije lo suficientemente alto como para que me oyera. No respondió y yo fingí que no me importaba.

Volvía a ser el puto Sr. Imposible, el Sr. Caliente y Frío, y yo estaba demasiado cansado para que me importara.

Y ahí estaba empezando a gustarme el tipo. No sólo como un colega de trabajo, sino como un tipo de "quiero conocerlo". Claro, era sexi, pero también era inteligente y era intrigante. También estaba sentado en la otra habitación como si yo no existiera y como si mis disculpas no significaran nada.

Me pare ante el mostrador de la cocina y comí el almuerzo que me trajo, preguntándome dónde me dejaba eso, en qué lugar me dejaba esta situación.

No sólo con él, sino con la empresa. Si conseguíamos el

contrato de Lurex, todo sería sol y rosas, ¿pero si no lo conseguíamos? Bueno, me imagino que habría que hacer una pequeña reestructuración. Si los dos altos ejecutivos simplemente no podían trabajar juntos, entonces uno tendría que irse.

Y seguro que el Sr. Fletcher no iba a despedir a su hijo.

Así que, eso me dejaba a mí.

De repente no tenía mucha hambre. En realidad, tenía un gran bulto en el estómago. Aparté el recipiente y, apoyando los codos en la encimera, enterré la cara entre las manos.

¿Cómo demonios había llegado hasta aquí?

Hace cuarenta y tantas putas horas, fui a trabajar, todo deprisa y corriendo para un viernes. Luego me pusieron bajo arresto domiciliario con el único hombre al que pensé que nunca le había gustado; el mismo hombre que resultó ser un gay en el armario; el mismo hombre, el mismo hombre que me besó, al que yo devolví el beso, al que casi me tiré en esta misma cocina.

Porque lo quería.

Y, si soy honesto conmigo mismo, porque todavía lo quería.

Joder.

—¿Estás bien? —Su voz me sobresaltó.

Levanté la vista. *¿Estoy bien?* No, no lo estaba.

—Sí —mentí—. Tan bueno como el oro.

—No has comido mucho.

Me encogí de hombros.

—Gracias por traérmelo de todas formas. No tenías que hacerlo.

Puso su recipiente vacío en la basura.

—¿Quieres ver lo que hice cuando salí?

Oh, me había olvidado de eso. Dijo que hizo algo para la campaña. Intentaba ser amable, así que traté de sonreír.

—Claro.

Ahora era diferente entre nosotros. Sabía que él estaba cansado. Yo también lo estaba. Pero aparte de las ojeras, había una tristeza. Una resignación. Una finalidad. Cualquier esperanza de que hubiera algo entre nosotros, ya fuera una relación profesional o personal, había desaparecido.

Me confió su secreto. Me besó... y le dije que parara. Él había decidido que no valía la pena el riesgo, y mis gritos al teléfono sólo reforzaron su decisión.

Conectó una grabadora de mano a su portátil y pulsó Reproducir. Lo que me mostró me detuvo en seco.

—Mi madre dijo algo que me hizo pensar —explicó con frialdad—. Hizo el comentario sobre el precio de un condón y cómo puede costar una vida.

Recordé cuando dijo eso, y recordé haber mirado a Cameron, preguntándome qué estaría pensando. Luego recordé haber intentado no quedarme dormido bajo el sol.

—El concepto de la campaña ha sido todo tuyo hasta ahora —añadió muy serio—. Esta es mi contribución. — Pulsó Reproducir.

Las imágenes eran inéditas, tan reales como era posible. Una señora, posiblemente hermosa en su día, estaba sentada con una manta sobre su regazo. Pero fue la voz de Cameron la que sonó primero en la pantalla.

—Empiece por su nombre —le indicó.

La señora sonrió, aunque su tristeza arraigada se mantuvo.

—Me llamo Amy —dijo—. Me diagnosticaron el VIH hace cuatro años. Tuve relaciones sexuales sin protección... —Su voz se desvaneció—. Era joven y pensé "eso no me puede pasar a mí". —Giro su cara lejos del objetivo de la cámara y tosió.

Cameron esperó pacientemente antes de preguntar:

—¿Cuánto te costó?

Ella sonrió sin humor.

—Todo.

El metraje se cortó entonces, y Cameron, el de la película, se sentó junto a un hombre.

—Me llamo James —dijo el hombre—. Soy seropositivo. Llevo aquí 12 meses —añadió mirando a la sala—. Aquí me tratan muy bien.

En la grabación, la voz de Cameron dijo:

—¿Cuánto te cuesta la medicación y el tratamiento al mes?

James respondió:

—No tengo ningún descuento... sólo para mis medicamentos, unos cien dólares cada mes.

Miré la grabación, sin pestañear. Cuando terminó, miré al otro lado. Él me observaba, esperando mi reacción.

—Cameron, eso fue... —Mi voz disminuyó mientras trataba de encontrar la palabra adecuada—. Es brillante.

Asintió una vez, cerró el portátil y se levantó.

—Bien. Si estás listo, será mejor que vayamos a la oficina —dijo casi robóticamente. Empezó a empaquetar carpetas y a meterlas en las cajas de archivo—. Si vamos a añadir este nuevo aspecto a la campaña, tenemos que movernos. Tendremos suerte si lo hacemos a tiempo.

Miré el reloj.

20:56.

. . .

JODER.

Dos minutos más tarde, me había puesto la chaqueta y las botas, había cargado todo lo que necesitábamos en el coche de Cameron y estábamos de camino a la oficina central. Seguía sin mirarme. Intenté sonsacarle conversación, pero sus respuestas eran cortantes y escuetas.

Intenté *no* enfadarme. Intenté que *no* me afectara.

Pero me afectó.

Se me metió en la piel.

Cuanto más callaba, cuanto más me ignoraba, cuanto más me rechazaba, más me afectaba.

Y para cuando sacamos nuestras cargas de trabajo del coche y entramos en el ascensor del trabajo, volvió a ser el imbécil arrogante y soberbio que había conocido durante los últimos seis meses. Se alejó, manteniendo la distancia entre nosotros y cuando salimos del ascensor hacia nuestra planta, fue como si yo no fuera más que un extraño para él.

Bueno, que se joda eso.

Y que se joda él.

Como tenía los brazos llenos, utilicé el pie para abrir la puerta de mi despacho y la cerré de golpe con un empujón satisfactorio. Dejé las cajas sobre mi escritorio con un fuerte golpe, y supe que él podía verme a través de las paredes de cristal que nos separaban.

Pero a mí. Me importaba. Una mierda.

Deja que me vea pasearme, que me vea tirarme del puto cabello, que me vea respirar hondo intentando calmarme de una puta vez.

Él estaba tranquilo, calmado y sereno, como si tuviera un interruptor especial de autocontrol que podía apagar y encender. Mientras que yo no lo tenía. Llevaba mis emociones en la puta manga para que todo el mundo las viera y él estaba imperturbable.

Con la necesidad de concentrar mi energía, cogí la mochila del portátil y salí a toda prisa hacia el ascensor. Pulsé el botón de la planta 18 justo cuando Cameron salía al pasillo y se dirigía al ascensor.

Oh, me estás tomando el pelo.

Por supuesto que se dirigía al departamento de artes y gráficos conmigo. Por supuesto que tenía que entrar en el ascensor conmigo. Por supuesto que lo hizo. Por supuesto que las puertas no se cerraron antes de que él llegara. Por supuesto que las puertas esperarían a que el maldito Cameron Fletcher entrara antes de cerrarse. Maldito ascensor estúpido. Por supuesto que él seguía sin mirarme. Por supuesto que no me reconoció.

Inhala.

Uno, dos, tres, cuatro, cinco, seis, siete, ocho, nueve, diez.

Exhala.

One, two, three, four, five, six, seven, eight, nine, ten.

Inhala.

Un, deux, trois, quatre, cinq, six, sept, huit, neuf, dix.

Exhala.

Las puertas se abrieron y sin una palabra, sin siquiera una mirada, salió antes que yo.

La planta 18 era un gran espacio abierto. Había varios puestos de trabajo a lo largo de la planta, cada uno de ellos compuesto por su propia mesa de dibujo y su ordenador gráfico, con un centro de máquinas de impresión a lo largo de la pared del fondo. Era lo que me imaginaba si pusieras una sala de arte para estudiantes, una sala de informática de última generación y una imprenta, todo en una misma habitación.

Cameron giró inmediatamente a la izquierda y yo a la derecha. Empecé a trabajar en la finalización de las fotos, y él empezó a trabajar, desde cero, en su material. Y como se comportaba como si yo no estuviera en la misma habitación que él, saqué mi teléfono, me conecté los auriculares, recorrí las listas de reproducción hasta que encontré *"entrenamiento"* y pulsé reproducir. La música estridente y vibrante llenó mi cerebro, distrayéndome de todo lo relacionado con Cameron.

Pero él estaba sentado en una mesa al otro lado de la habitación, en una clara línea de visión.

Intenté no mirarlo. Intenté no mirar su culo en esos vaqueros, cómo se sentaba en ese taburete o cómo la tela vaquera abrazaba sus muslos. Intenté no mirar su espalda con esa camisa, lo anchos que eran sus hombros, lo definida que era su cintura. Intenté no pensar en él, en cómo se veía sin la camisa....

No me fijé en las veces que se pasaba la mano por el cabello. No me fijé en cómo hacía girar un bolígrafo entre sus largos dedos. No me fijé en su mandíbula y no conté cuántas veces se lamió los labios.

Y no me fijé, realmente no me fijé en sus pies. Intenté con todas mis fuerzas no preguntarme qué tipo de calcetines divertidos llevaba.

Le di la espalda y la música me ayudó a concentrarme en la tarea que tenía entre manos. Pronto me perdí en mi trabajo mientras continuaba con la edición y el perfeccionamiento de las fotos, las secuencias y mi pequeño e improvisado interrogatorio en el club nocturno. No tenía ni puta idea de la hora que era, ni de cuánto tiempo llevaba sentado en aquel escritorio, pero cuando levanté la vista, el horizonte de Chicago estaba iluminado por la noche y Cameron no estaba en su escritorio.

La habitación estaba vacía y me quité los auriculares para comprobar que también había mucho silencio.

Comprobé la hora en mi teléfono. Eran las 20:17 de la tarde.

Joder. La reunión era dentro de 13 horas y 43 minutos.

Me bajé del taburete, rígido y dolorido, con dolores en partes de mi cuerpo que estrictamente no deberían doler.

Necesitaba un café.

Como la sala de diseño tiene una estricta política de no comer ni beber, me dirigí a mi despacho, sabiendo que allí siempre había café. En cuanto se abrieron las puertas del ascensor, lo oí.

Sabía que era él, porque no había en el mundo un sonido igual.

Cameron se reía.

No sabía si sentirme curioso o malhumorado. Así que me decanté por las dos cosas.

Luego oí otras voces, y cuando entré en la sala de personal, él estaba allí. Estaba hablando con el personal de limpieza, un hombre y una mujer a los que llamaba Gustavo y María, y hablaban en español.

Dejaron de hablar cuando entré.

—No se preocupen por mí —les dije—. Sólo quiero un café. —Me dispuse a prepararme un negro solo y mientras esperaba que el agua hirviera, su conversación se reanudó.

Una vez más, como si yo no estuviera allí.

Y mi ya escasa paciencia empezó a resquebrajarse. Intenté no escuchar a escondidas, pero entonces oí mi nombre.

—Al otro lado del pasillo —dijo Cameron en voz baja en español a María. Y entonces supe que se refería a mí.

—Ah, sí —dijo la señora mayor—. El chico nuevo. ¿Te gusta trabajar con él? —le preguntó en español.

Cameron dudó, pero respondió, aun hablando en español.

—Mucho. Es muy bueno en lo que hace.

Pude sentir cómo mi paciencia y mi temperamento se tensaban y me di la vuelta para enfrentarme a ellos.

—Ese soy yo —dije en español—. Vendiendo lo invendible.

La cara de Cameron palideció, ya sea porque hablaba en español o porque le repetí sus mismas palabras. Le sonreí a Cameron, bueno, probablemente fue más bien una mueca, y después de una mirada entre nosotros, Gustavo y María desaparecieron silenciosamente por la puerta.

Miré fijamente a Cameron y él a mí. Casi gruñí cuando hablé.

—Si quieres decirme algo Cameron, entonces dilo en inglés, demonios. Y me lo dices a mí. Personalmente.

Apretó los dientes.

—Gustavo y María no hablan muy bien el inglés. Han trabajado para mi padre desde que era un niño. Hablaré con ellos como me dé la gana.

Salió furioso de la habitación y cerró la puerta de su despacho tras de sí.

Y mi paciencia finalmente se rompió. Fue una pena que Gustavo y María se fueran, porque si no lo hubieran hecho, podrían haber aprendido algunas palabras de cuatro letras en inglés.

Le seguí por el pasillo, abrí de golpe la puerta de su despacho y se giró para mirarme.

Y no se lo dejé pasar joder.

—¿Qué. *Jodido*. Problema tienes?

11

YA NO ESTOY... TAN FRUSTRADO

—SAL DE MI DESPACHO. —Cameron me fulminó con la mirada, y cuando respiró profundamente para calmarse, pensé que podría haber rayado su exterior de Sr. Nada-Daña-Mi carcasa exterior.

Mi temperamento de Hensley-Texas se había agriado, estaba jodidamente cansado y él se había metido en mi piel, para luego dejarme a un lado. Estaba en el punto de ruptura con este hombre. Algo tenía que ceder.

—No.

Apretó la mandíbula y me siseó con los dientes apretados.

—Lucas...

Le corté.

—No te *atrevas* a desecharme Cameron. No actúes como si no significara nada. —Di un paso hacia él y le señalé con el dedo—. Ni. Se. Te. Ocurra.

Me miró fijamente, sus ojos estaban desorbitados y me di cuenta de que le estaba afectando. Me estaba metiendo en su piel. Podía sentirlo.

—Siento haberte gritado —le dije tratando de mantener

la calma—. Siento haberte hecho daño. Sé que te has esforzado, que te has arriesgado. Me besaste, Cameron. Finalmente saliste con alguien y cuando me besaste, te dije que pararas.

—No es eso —dijo.

—Mentira Cameron —repliqué rápidamente—. He visto lo mucho que te he herido. Desde entonces has estado distante de mí. No me hablas. No me miras.

—No es por eso —respondió en voz baja.

—¿Entonces por qué? —Le grité—. ¡Dime por qué demonios, Cameron! Durante las últimas cuarenta y pico horas has estado abierto, divertido y cálido. He visto al verdadero tú. Por fin pienso, oye, podría verme con un tipo como tú.

Eso hizo que me mirara.

—Estuviste allí anoche Cameron. No estabas *tan* borracho, no me digas que no lo sentiste. Lo caliente que estaba entre nosotros, cuando bailamos, cuando nos besamos. —Respiré hondo y admití—: No *quería* parar...

Negó con la cabeza y me miró fijamente.

—¿Entonces por qué lo hiciste?

—Este puto trabajo —casi le grité—. Esta puta campaña.

Se detuvo ante mis palabras como si le dolieran.

—El trabajo... —negó con la cabeza—. Para ti todo es el puto trabajo, ¿no es así?

—¡No! —Solté tan jodidamente frustrado. Ni siquiera tirarme del cabello ayudaría—. No, esto —indiqué entre nosotros—, no se trata sólo del *maldito* trabajo, Cameron. Pero si no conseguimos este contrato, mi culo será lanzado en el siguiente puto avión a Texas.

La confusión apareció en su rostro.

—¿De qué demonios estás hablando?

—Si no podemos trabajar juntos, si fracasamos, ¿crees

que tu padre seguirá queriéndome aquí? —le pregunté—. A *eso* me refiero.

—Él no haría eso —gritó negando con la cabeza.

—¿Por qué demonios no lo haría?

—¡Porque yo no se lo permitiría! —me gritó tan fuerte que las venas de su cuello sobresalieron—. ¡Por eso! —gritó levantando las manos—. Maldita sea, Lucas, has sido lo único en lo que puedo pensar durante los últimos cuatro meses. He intentado olvidarme de ti. He intentado ignorarte. He intentado *no* quererte.

Se acercó más a mí.

—Eres quien eres, sin excusas. Profesional, jodidamente brillante en tu trabajo y ¡*fuera* del armario! Estás jodidamente *fuera*. —Se golpeó las manos en el pecho—. ¿Y qué soy yo? Un puto cobarde.

Me quedé atónito ante su admisión. Me quedé con la boca abierta mientras continuaba con su discurso.

—Entonces pasar todo este tiempo contigo sólo hace que te desee más. Bailamos. Y nos besamos. En mi cocina. Dios —gimió—. Me habría ido a la cama contigo si no me hubieras detenido. Habría dejado que me follaras.

Un escalofrío me recorrió desde la nuca hasta la columna vertebral, impulsándome adelante. No hubo una decisión consciente de cruzar la distancia entre nosotros. Mi cuerpo simplemente se movió.

Mis manos agarraron su cara, junté nuestras bocas y lo besé. No fue cortés ni dulce. Era *deseo*, *necesidad*, frenesí y profundidad. Se congeló contra mí, por un momento, sorprendido por mi repentino ataque.

Pero cuando mi lengua se encontró con la suya, pude sentir cómo se derretía sobre mí y, en cuanto cedió, lo empujé de nuevo contra su escritorio.

Mis manos seguían sujetando su cara, manteniendo su

boca en su sitio mientras la follaba con mi lengua. Mi cuerpo empujó contra el suyo, duro y fuerte. Entonces sus manos estaban sobre mí, empujándome, sujetándome, agarrándome.

No tenía dónde ir. Su culo estaba contra su escritorio y yo lo presionaba contra él. Mis caderas lo inmovilizaron, mi polla endurecida contra la suya. Caliente, dura, dolorida.

Dijo que me había deseado durante cuatro meses.

Yo era lo único en lo que podía pensar.

Dijo que habría ido a la cama conmigo.

Que me habría dejado follarlo.

Pensar en ello me hizo gemir: tenerlo debajo de mí, estar dentro de él, sentir mi polla en su culo, su calor, cómo palpitaría a mí alrededor, cómo me haría correrme.

Al separar mi boca de la suya y al separar mis caderas de las suyas, todo mi cuerpo se estremeció.

Sus labios estaban rojos e hinchados y sus ojos tardaron un momento en abrirse y enfocarse. Y por un breve momento, pensó que iba a rechazarlo de nuevo. Pude ver el miedo en sus ojos.

—Cameron... vas... —Intenté decirle, mientras trataba de controlar mi cuerpo, mi respiración—. Vas a hacer que me corra.

Exhaló y sonrió, y sus manos fueron a mi bragueta, abriendo mis vaqueros. Sus dedos se introdujeron bajo mis calzoncillos, y su mano envolvió mi polla, haciéndome sisear.

—Jesús...

Me la sacó, exponiéndome a él. Pasó la mirada de la polla hinchada en su mano a mis ojos, y gimió.

—Por favor.

No pude detenerlo, aunque hubiera querido. Gemí, siseé, empujé mi polla en su mano y le supliqué.

—Oh, por favor, por favor, claro que sí.

Él unió su boca a la mía y me masturbó, duro, rápido y tan, tan bueno. Deslizó su mano, presionando y acariciando, y supe que esto era... esto era todo.

Joder, eso fue todo.

Apartando mi boca de la suya, traté de advertirle. Pero él pareció entender, porque me apretó más fuerte, me masturbó, empujó sus caderas contra mí, y susurró en mis labios:

—Muéstrame.

Entonces vio cómo me corría.

El calor me atravesó, desde los dedos de los pies y el cuero cabelludo, y surgió en gruesas y cortas ráfagas. Mi polla entró en erupción, caliente y palpitante, mientras los largos dedos seguían masturbándome aplicando una presión deliciosa, y me perdí. Me olvidé de todo menos de él, no había vista, ni sonido, sólo él. Su mano todavía me sostenía, su cuerpo presionado contra el mío, mi cabeza en su hombro, cómo se sentía, cómo olía.

Cómo olía yo en él.

Finalmente, mis ojos se abrieron ebrios y le miré. Él me miró con asombro. Miré hacia abajo entre nosotros, hacia mi corrida en su mano, en mi estómago y manchando mi camiseta. Me pasé la camiseta manchada por la cabeza y, antes de que pudiera ofrecerme a limpiarle la mano, se llevó la mano a la boca y su lengua rosada lamió mi semen de su piel.

Gemí al verlo y él gimió al sentir su sabor; su otra mano acarició el bulto de sus pantalones. Todavía estaba apoyado en su escritorio, así que agarré la bragueta de sus vaqueros y los abrí.

—Ya me has probado —le dije—. Ahora déjame probarte.

Volviendo a meter mi polla en los calzoncillos, caí de rodillas. Le miré, sus ojos estaban muy abiertos, pero oscuros y vidriosos. Tiré del material de sus calzoncillos hacia abajo, dejando que su polla hinchada se liberara.

Oh, joder.

Me agarré a sus caderas y le lamí toda la longitud, su larga, oh, muy larga polla y su hendidura húmeda... oh, joder. Se me hizo la boca agua y gemí, pero mis labios se abrieron para lamerlo, para saborearlo.

—¡Joder! —gimió. Movió las caderas y sus manos sujetaron mi cara mientras su polla entraba y salía de mi boca. Lo trabajé, chupando y lamiendo. Su agarre en el cabello se hizo más fuerte y sus caderas se sacudieron en pequeños golpes—. Joder, joder — resopló.

Le bombeé la base de su pene con una mano y le cogí las pelotas con la otra. Me sujetó la cabeza con más fuerza y me folló la garganta más profundamente.

Gemí para decirle que me gustaba.

Sus manos se apartaron de mi cabello y me sujetó la cara, la mandíbula y el cuello. Volví a gemir y él pudo sentir las vibraciones en sus dedos y en su polla, y se empujó una última vez antes de correrse.

Cameron gruñó un sonido gutural mientras llegaba al orgasmo y explotaba en mi boca. Tragué y me lo bebí, cada chorro, caliente y espeso. Todo su cuerpo se estremeció mientras lo lamía y lo liberaba de mi boca, metiéndosela de nuevo en sus pantalones. Y cuando me levanté, se deslizó de la mesa hacia mí. Lo rodeé con mis brazos, atrapándolo y me reí cuando gimió. Nos quedamos así durante unos minutos demasiado cortos, recuperando el aliento.

—Joder —susurró contra mi cuello.

—Mmmm —tarareé contra su oído—. Me gustaría

hacerlo. Pero necesitaré al menos diez minutos para recuperarme.

Soltó una carcajada, su aliento era caliente en mi piel. Pero entonces me empujó, apartándose de mí. Se dirigió a la pared más lejana, pero sus ojos estaban abatidos, no sé si por timidez o por arrepentimiento.

Sin camiseta, me aparté para dejarle el espacio que necesitaba y me subí la bragueta. Mi camisa era un desastre empapado tirada en el suelo y mientras me preguntaba si debía lavarla a mano, o cuánto tiempo tardaría en secarse, Cameron dijo:

—Um, esto debería quedarte bien.

Estaba de pie cerca de su baño personal y sostenía una camisa en una percha.

—Tengo camisas de negocios de repuesto. En caso de emergencias.

¿Emergencias?

—¿Esperas tener semen en tu camisa a menudo?

Puso los ojos en blanco.

—En caso de que me derrame el café.

Ah.

Sonreí y me encogí de hombros, y él me dedicó una media sonrisa. Cogí la camisa, me la puse y la abotoné y empecé a remangarla mientras Cameron se arreglaba los vaqueros.

—Será mejor que volvamos al trabajo —dijo todavía algo indeciso.

—Cameron —dije su nombre para detenerlo—. Lo que acabamos de hacer —señalé hacia su escritorio—, bueno es algo que me gustaría volver a hacer. Quise decir lo que dije sobre salir y hacer esto bien.

Pareció fruncir el ceño, pero asintió... más o menos.

Mierda.

—A menos que no quieras —dije ofreciéndole una tarjeta de salida de la cárcel.

—Lucas —susurró. Me miró con sus implorantes ojos color avellana—. Sí quiero, pero...

—¿Pero qué?

—No me querrás. Yo... No estoy fuera. No espero que tú, ni ningún hombre, vuelva a entrar en el armario por mí.

Sonreí y me acerqué a él para poder trazar mis dedos por el lado de su mandíbula.

—Y no espero que ningún hombre salga del armario, antes de estar preparado, por mí. Es algo que debes hacer a tu tiempo, en tus propios términos.

Me miró seriamente por un momento, luego asintió.

—Gracias —dijo con una sonrisa triste—. Quiero hacerlo. Quiero salir. Quiero ser libre de ser yo mismo. Estoy tan harto de esconderme...

—Lo sé —asentí, porque lo sabía. Sabía *exactamente* lo que quería decir—. Cuando estés preparado. Pero aún podemos pasar tiempo juntos, ¿verdad? ¿Salir a cenar, a tomar algo...?

—Me gustaría —sonrió y asintió, así que lo besé. Fue un beso suave, del tipo de los que son tiernos. Toda su cara brilló y un ligero rosa tiñó sus mejillas. Joder, creo que acabamos de empezar a salir oficialmente.

—¿Eso es una cita? —pregunté con otro beso suave en sus labios, sólo para aclarar.

Se rio.

—Tal vez.

—Oh, ya veo —bromeé caminando hacia su puerta, manteniéndola abierta para él—. Vamos señor que juega a ser difícil de conseguir, tenemos que volver al trabajo.

—¿Difícil de conseguir? —preguntó incrédulo—. ¿Después de lo que acabamos de hacer?

Me reí.

—Bueno, duro tal vez... —Lo detuve en el pasillo vacío —. Cameron, ¿puedo preguntarte algo?

Se detuvo ante mi tono serio, un poco preocupado por lo que tenía en mente.

—Me está matando, necesito saberlo. ¿Quién está en tus calcetines hoy?

Sonrió.

—El Llanero Solitario y Kimosabe.

—Por supuesto que sí. —Puse los ojos en blanco y me reí —. Apuesto a que te costó encontrar ese par.

—No tienes ni idea —se rio, y cuando entramos en el ascensor, pulsó el botón de la planta baja.

—¿A dónde vamos? —pregunté.

—A tomar un café en condiciones y a cenar. —Sonrió—. Me muero de hambre.

—De todos modos —le recordé—, ¿no te refieres a Toro?

Todavía sonriendo, me dio un codazo.

—Cierra la boca.

10:26

COGIMOS una pizza y un café expreso, decidimos comer en la pizzería, sabiendo que no podíamos llevar comida a la sala de diseño. Y volvió el Cameron que reía y bromeaba, charlaba y hablaba abiertamente. Me dijo que hablaba en serio, que me deseaba desde hacía meses. Deseaba tanto tener el valor de decir algo, cualquier cosa.

Me dijo con un encogimiento de hombros que cuando me vio bajar las escaleras con la ropa de cama para lavarla, supo que había decidido irme. Su ceño se frunció cuando dijo que no debería haberle sorprendido. Después de todo, ¿por qué iba a querer un hombre gay y orgulloso quedarse con un hombre en el armario?

Le dije que un hombre de verdad, el hombre adecuado, esperaría.

Me miró, observándome de *verdad*, y yo le devolví la mirada, sin un atisbo de duda en mis ojos.

Entonces sonrió y habló del trabajo, de sus amigos, de su familia; de cómo soñaba con llevar algún día a un hombre a casa para que conociera a sus padres.

Se disculpó por haberme dado el tratamiento de silencio, diciendo que su ira estaba dirigida hacia dentro. Me reí y me disculpé, porque mi cólera al despertar se dirigía hacia fuera, a quienquiera que estuviera allí. Se rio, diciendo que tenía un par de calcetines de Oscar el Gruñón que me daría con gusto.

Pateé al Llanero Solitario por debajo de la mesa.

Incluso de vuelta en el trabajo, él fue igual. Nos pusimos a trabajar en mesas diferentes, pero de vez en cuando me miraba y sonreía, lo que por supuesto me hacía sonreír. Puse mis tableros visuales a imprimir y mi entrevista con los chicos del club nocturno se hizo en una presentación de Powerpoint. Y con una última comprobación de la hora, terminé.

Eran las 3:08 de la madrugada.

Nos quedaban 6 horas y 52 minutos.

6:52

ME PUSE DE PIE, me estiré y bostecé. Y volví a bostezar. Estaba. Muy. Jodidamente. Cansado.

—Oye —dije caminando detrás de Cameron, apretando su hombro—. ¿Ya casi terminas?

—No —suspiró—. La iluminación está apagada en los tableros, y no puedo conseguir el audio correcto en el vídeo.

Me froté los ojos y miré su monitor. A mí me parecía jodidamente perfecto.

—Cameron está bien.

—No, no lo está —dijo—. Tiene que ser perfecto. —Negó con la cabeza y se pasó las manos por la cara—. ¿En qué demonios estaba pensando? ¿Añadir esta nueva línea en el último minuto? No va a ser lo suficientemente bueno.

Le puse el dedo en los labios para que se callara.

—Cameron, nos reunimos con Lurex para ofrecerles lo mejor de nosotros. Por eso lo añadimos en el último momento... porque era brillante.

Reemplacé mis dedos contra sus labios con mis labios y lo besé rápido y duro.

—Ahora, dime que puedo hacer para ayudar.

Sonrió pero negó con la cabeza.

—Duerme un poco. Yo acabaré con esto.

Me opuse, diciéndole que estábamos juntos en esto y que no iba a dormir mientras él trabajaba. Resopló, diciéndome que fue su idea aumentar nuestra carga de trabajo, así que debería ser él quien lo hiciera.

—No discutas conmigo, Cameron —dije poniendo en blanco mis ojos cansados.

—*Tú* no discutas *conmigo* —replicó. Estaba tan cansado como yo.

—¿Siempre eres tan terco? —le pregunté.

—Sí —respondió—. ¿Siempre *eres* tan terco?

—Sí.

Él sonrió y yo también. Ambos suspiramos. Luego acercó una silla a la suya y durante las tres horas siguientes, trabajamos uno al lado del otro. Nos sentamos muy juntos, nuestras rodillas se tocaban y nuestras manos a veces se apoyaban en los muslos del otro. Hablamos, estuvimos de acuerdo, estuvimos en desacuerdo e incluso llegamos a una puta concesión. Pero cuando Cameron guardó el archivo y lo mandó a imprimir a las pizarras fotográficas, ambos nos recostamos en nuestras sillas y suspiramos.

Habían pasado sesenta y una horas.

Y ahora estaba hecho. No había vuelta atrás, no se podía cambiar nada. Si no era lo suficientemente bueno ahora, nunca lo sería.

—Vamos —gimió—. Llevémoslo todo arriba.

Ambos gemimos cuando nos pusimos de pie, nuestros cuerpos doloridos protestaron por la falta de sueño.

Era difícil darse cuenta de que todo nuestro duro trabajo se reducía a ocho tableros visuales y dos segmentos de video, cada uno de menos de dos minutos.

Lo llevamos todo al despacho de Cameron, colocando nuestros portátiles en su mesa y situando cuidadosamente los tableros conceptuales. Y durante un momento de tranquilidad, ninguno de los dos habló. Miramos nuestra campaña y luego Cameron me miró a mí.

—Lucas —dijo en voz baja—. Si no conseguimos este contrato... —volvió a mirar los tableros, evitando mis ojos—, no significa que te vayas ¿verdad?

—Espero que no —respondí con sinceridad—. No quiero irme.

Sonrió agotado. Luego se acercó a mí y sus ojos cansados se cerraron.

—No quiero que te vayas —susurró y apretó sus labios contra los míos. Sólo brevemente, castamente, dulcemente.

Le sonreí. Él sonrió, casi con timidez. Fue bonito.

—¿Quieres café? —preguntó.

Asentí.

—Mmm. —Y salió lentamente por la puerta hacia el comedor del personal.

Saqué mi teléfono del bolsillo y miré la hora.

Eran las seis de la mañana. Joder. Nos quedaban cuatro horas.

4:00

SENTÉ mi trasero en la silla frente al escritorio de Cameron y me desplacé por mis contactos. Sabía que era temprano, pero también sabía que ella estaría despierta.

Su saludo alegre fue respondido por mi voz cansada y aburrida.

—Buenos días, Rachel.

—¿Qué puedo hacer por ti? ¿Necesitas que te organice algo? —preguntó yendo al grano, sin charlas. Gracias a Dios.

—Todo, necesito que pases por mi casa. Tráeme un traje, una camisa, una corbata y unos zapatos.

—No hay problema —respondió ella.

—Ah, ¿y Rach?

—¿Sí? ¿Hay algo más?

—Sí. —Sonreí al teléfono—. Necesito que me hagas un favor.

12

ESTOY... FUERA DE TIEMPO

01:30

LO SIGUIENTE QUE supe fue que alguien me estaba sacudiendo la pierna y que mi maldito cuello me estaba matando. Mi cabeza se inclinó adelante con una punzada de dolor y mis ojos se abrieron.

Rachel.

—Vamos —dijo ella alegremente—. Es la hora.

Odio la alegría.

Odio el optimismo.

Me di cuenta entonces, detrás de Rachel, estaba Simona, de pie frente a un Cameron apenas despierto. Él estaba en la silla de al lado. Debíamos de habernos quedado dormidos.

Me puse en pie de un salto.

—Mierda. ¿Qué hora es?

Rachel se rio de mí, así que la miré con desprecio. Podría haber gruñido. Sí, fue grosero. Sí, fue innecesario.

Me molesta que me despierten, ¿vale? No os hagáis los

sorprendidos. Ya visteis lo bien que funcionó cuando me despertó mi teléfono ayer en casa de Cameron.

Despertarme nunca ha funcionado bien, para nadie. Sólo preguntadle a mi madre.

Pasó toda mi adolescencia aguantando mi culo "odio ser despertado" y "te voy a arrancar la cabeza".

—No intentes esa mierda conmigo Lucas —dijo Rachel con una mano en la cadera—. Son las 8:30. Tienes 90 minutos antes de tu reunión.

Resoplé. Esta mujer era muy pequeña, pero me mantenía a raya.

—Te pareces a mi madre.

Rachel me levantó una ceja y Cameron se rio. Lo fulminé con la mirada y refunfuñé:

—No empieces.

Entonces soltó una carcajada. Sí, fue muy gracioso, imbécil.

Le señalé con el dedo y abrí la boca para decirle que podía dejar de sonreír, cuando alguien se aclaró la garganta. Volví la cabeza al oírlo y me estremecí y gemí por el dolor punzante en el cuello.

El Sr. Fletcher.

—Tenéis un aspecto infernal —dijo. Miró a las chicas—: Rachel, Simona, necesitan café, por favor. Fuerte, negro. Y un poco de Tylenol para Lucas.

Las chicas asintieron y desaparecieron, y yo me froté el cuello. El señor Fletcher sonrió.

—Quedarse dormido en estas sillas no es bueno para el cuello.

—Mmm —gemí mi acuerdo, tratando de recordar lo que pasó... por qué me quedé dormido—. Cameron fue a buscar café —le expliqué—. Me senté... y lo siguiente que sé es que me despertaron.

—Estabas dormido cuando volví a entrar —dijo Cameron—. Puse los cafés en el escritorio y me senté... Debí haberme quedado dormido también. —Ambos miramos su escritorio y allí, junto con los portátiles y los papeles, había dos cafés, sin tocar.

—Mmm —tarareó el padre de Cameron, con las cejas fruncidas—. Tomaos un café recién hecho, duchaos y afeitaos. Yo organizaré el desayuno. Quiero veros a los dos después de la cita con Lurex. —Y con eso, se dio la vuelta y salió por la puerta.

Estiré el cuello varias veces, moviendo la cabeza de un lado a otro, y suspiré con fuerza.

Cameron me miró.

—¿Estás bien?

Le miré y a pesar de mi estado de ánimo poco alegre, asentí.

—¿Y tú?

Asintió, pero antes de que pudiera decir otra palabra, Simona entró por la puerta, con una taza de café humeante.

—Rachel tiene el tuyo en tu despacho —me dijo.

Sonreí, y recordando mis modales, incliné mi sombrero invisible hacia ella. Miré a Cameron, con ganas de decir algo, pero sin saber qué, cuando Simona se afanó en ordenar, hablando de lo que tenían que hacer en una hora. Aparentemente ajeno a su conversación, me miró y me dedicó una suave sonrisa. Yo le devolví la sonrisa, sin mediar palabra alguna, en otro de esos momentos en los que sólo estábamos nosotros.

Sin dejar de sonreír, por primera vez en mi vida, le di a Cameron una inclinación de mi sombrero imaginario.

Y, joder, eso hizo que se sonrojara.

Aunque estaba increíblemente cansado, sonreí ante su

reacción y me di la vuelta para salir de su despacho y entrar en el mío.

Un café caliente y dos Tylenol después, estaba de pie en mi ducha. Nuestras dos oficinas tenían baños personales. Un poco lujoso, sí, pero trabajando para Publicidad Fletcher, no esperaba menos.

Me puse bajo el chorro de agua caliente, deseando que me deshiciera el malestar en los músculos y me despertara de una puta vez. Y funcionó, más o menos. Al menos, me sentí mejor. Y después de afeitarme y lavarme los dientes, me sentí medio vivo.

Rachel había dejado mi traje colgado detrás de la puerta, y después de vestirme, sin zapatos ni calcetines, recordé la pequeña misión a la que había enviado a Rachel.

Con los pies descalzos, salí a toda prisa hacia mi despacho. La puerta de mi despacho estaba abierta y pude oír a Rachel y a Simona hablando desde el despacho de Cameron. Pero entonces vi lo que estaba buscando. Había una pequeña bolsa de compra junto a mis zapatos.

Miré dentro y sonreí. Perfecto.

Bueno, casi. Los acomodé como quería y los volví a meter en la bolsa.

—¿Lucas? —La voz de Rachel me interrumpió. Levanté la vista hacia ella, que estaba de pie en la puerta—. Hay algo de desayuno en el despacho de Cameron.

—Gracias.

Señaló con la cabeza la bolsa que tenía en la mano, de forma especulativa.

—¿Quieres decirme de qué se trata? ¿Para qué tuve que ir a tres tiendas diferentes?

Negué con la cabeza y sonreí.

—No.

Ella sonrió, a pesar de su decepción. Luego, apoyándose en la puerta, dijo en voz baja:

—Si te dijera que *realmente* quiero saber lo que pasó entre vosotros dos durante las últimas sesenta y pico horas, no me lo dirías ¿verdad?

Sonreí y negué con la cabeza.

—No.

Ella frunció los labios, puso los ojos en blanco y suspiró. Con la bolsa en la mano, recogí mis zapatos y le sonreí mientras cruzaba descalzo el pasillo hasta el despacho de Cameron.

Había un plato de fruta cortada y algunos croissants, zumo y más café.

—Come —dijo Simona—. Te necesitamos con los ojos brillantes y bien peinado. —Entonces se detuvo, mirando de mis zapatos en la mano a mis pies descalzos—. Oh.

Cameron salió de su cuarto de baño, recién duchado y afeitado, con un pantalón de traje a medida de color carbón y una camisa blanca impecable. Estaba tirando del puño de la manga, subiendo el botón y no se dio cuenta de mi presencia al principio.

Cuando levantó la vista, sus ojos pasaron de Simona a mí, a mis zapatos en las manos, a mis pies descalzos y luego a mis ojos. Ladeó la cabeza, sólo una fracción y trató de no sonreír.

—¿Olvidaste algo?

No le contesté, sino que me volví hacia Simona y Rachel, que me habían seguido.

—¿Podéis dejarnos un momento, chicas? Por favor, llevad los tableros de conceptos a la sala de conferencias y preparadlos para nosotros.

—Claro —sonrió Simona con ojos brillantes y una

mirada sugerente entre nosotros. Ella y Rachel recogieron los tableros y portátiles, y nos dejaron a solas.

Cameron esperó hasta que la puerta se cerró.

—Lucas —dijo en voz baja, con una ligera advertencia en su tono. Sus ojos se dirigieron a la pared de cristal detrás de mí—. ¿Qué estás haciendo?

Dejé caer los zapatos al suelo y levanté la bolsa blanca de compra.

—Dios, Cameron. Dame un poco de crédito. No voy a asaltarte en el trabajo, en mitad del día. —Luego me corregí —: A mitad de la noche sí. Pero no durante el día.

Él resopló, intentó no sonreír y fracasó. Entonces volvió a mirar la bolsa que tenía en la mano. Le expliqué:

—Oh, te he traído algo... bueno, se lo he pedido a Rachel, pero es de mi parte.

No dijo nada, pero estaba claramente sorprendido.

Metí la mano en la bolsa y saqué su regalo. Un par de calcetines.

Una lenta sonrisa se extendió por su cara.

—¿Superman?

—Y Clark Kent —le expliqué—. Uno de cada uno. —Los levanté—. Hizo falta un par de calcetines de Superman y otro de Clark y Lois, pero conseguí un par de Clark y Superman.

Me miró extrañamente. Entonces le expliqué:

—Como tú. —Me encogí de hombros y de repente me sentí un poco nervioso por esto. Me aclaré la garganta—. Uno que oculta su verdadera identidad, y otro que es un poco... *súper*.

Me miró, justo a mí, sus ojos se clavaron en mí y tuvimos otro de esos momentos. Durante un largo segundo, nos quedamos mirándonos fijamente. El movimiento de alguien pasando por la pared de cristal rompió nuestra mirada, y con una risa nerviosa, le entregué sus calcetines.

—Gracias. —Sonrió tímidamente—. Lucas... eres muy considerado. —Entonces miró mis pies descalzos—. ¿Y tus calcetines?

—Oh —dije riendo—. ¡También tengo algunos para mí!

—¿A quién has comprado? —preguntó con los ojos brillantes y curiosos.

Sonriendo, volví a meter la mano en la bolsa y saqué los calcetines de forma dramática.

—¡Han Solo y Chewbacca!

—¡No puede ser! —jadeó emocionado.

Asentí y me reí, y me senté para ponérmelos.

—Vamos —le insté señalando con la cabeza los calcetines que tenía en la mano—. Tienes que ponértelos hoy para esta reunión.

Sonrió y se sentó en el asiento detrás de su escritorio para desatar los cordones de sus zapatos y quitárselos, y luego los calcetines que llevaba puestos. Yo estaba arreglando los cordones de mis zapatos cuando Cameron me miró desde el otro lado de su escritorio.

—¿Qué ha pasado con Lois?

—¿Quién?

—Lois —repitió—. Dijiste que un par de calcetines eran de Clark y Lois Lane.

—Ah, *ella*... está en mi papelera —le dije señalando con la cabeza hacia mi despacho.

Cameron se echó a reír, justo cuando su padre abrió la puerta. Sonrió al ver a su hijo reír, sólo por un segundo.

—Eh, ¿chicos? Acaba de dar aviso la recepción de la planta baja. El equipo de Lurex está aquí.

Mierda.

Cameron y yo nos pusimos las chaquetas y seguimos al

Sr. Fletcher hasta la sala de conferencias donde estaba preparada nuestra presentación. Tuvimos el tiempo justo para comprobar que todo estaba como debía, la pantalla blanca para las presentaciones de Powerpoint estaba lista y nuestros ocho tableros de conceptos de exhibición estaban todos girados, esperando la gran revelación.

El Sr. Fletcher sonrió.

—Buena suerte chicos —dijo—. Me encantaría sentarme aquí con vosotros —dijo entusiasmado— pero no quiero apartaros del juego. Así que tendré que conformarme con ver cómo tejéis vuestra magia desde las pantallas de CCTV de mi despacho.

Oh, joder. Había olvidado que tenía una conexión de vídeo completa con la sala de conferencias.

—Haré que Simona y Rachel se sienten a mirar conmigo, si os parece bien —nos pidió permiso—. Estoy seguro de que les encantará veros en vuestro elemento.

Cameron sonrió.

—Está bien, papá.

El señor Fletcher sonrió y atravesó las puertas que conducían a su despacho, cerrándolas tras él.

Cameron me miró, y yo a él.

—¿Listo Superman? —le pregunté.

Él sonrió y asintió.

—Hagámoslo.

Sesenta y cinco horas... Pensé que iba a ser una eternidad. Y de repente, se nos acabó el tiempo. Respiré profundamente y las puertas dobles se abrieron.

13

ESTOY... ASOMBRADO POR ÉL

00:00

NOS PRESENTARON a un equipo de tres. Una mujer elegantemente vestida, un hombre bajito que parecía a Mole de El viento en los Sauces, y un distinguido caballero mayor.

Carmen Renata, Stefan Vladimir y el principal y único, Sr. Charles Makenna.

Se intercambiaron saludos, algo breves, y Cameron se puso a trabajar. Se metió de lleno en el asunto.

—En primer lugar, gracias por darnos esta oportunidad. Entendemos que tienen una agenda apretada, así que no les haremos perder ni un minuto de su tiempo.

Las tres caras le observaron.

Él sonrió.

—Lurex necesita a Publicidad Fletcher. —Bueno, eso era una manera de romper el hielo.

Me pregunté si el hecho de que su padre le observara

cambiaría su táctica, pero no fue así. Cameron continuó, muy seguro de sí mismo.

—La publicidad en el mercado actual es despiadada. No hace falta que os lo diga. Tampoco necesito deciros que las ventas de Lurex se han estancado en un ochenta por ciento, y que vuestro competidor más cercano ha crecido un seis por ciento en los últimos dos años.

—No necesito deciros eso. No estamos aquí para hablaros de *vuestros* productos. Estamos aquí para hablaros de *nuestro* producto. —Cameron me miró, dándome la palabra.

Retomé el tema justo donde él lo dejó.

—Publicidad Fletcher no se *limita* a vender productos. Se trata de ofrecer soluciones y conceptos. —Hice una pausa para crear efecto.

La mujer, Carmen Renata, habló primero.

—¿Conceptos? ¿En plural?

—Sí —respondí con seguridad—. Nuestro trabajo consiste en asegurarnos de que os mantengáis a la cabeza de la competencia mundial potenciada por Internet, de los consumidores volubles y de los ciclos de vida de los productos que se reducen rápidamente. Proporcionando un concepto publicitario para diferentes mercados objetivo, que evoluciona según sea necesario con una innovación continua para estar dos pasos por delante de su competidor más cercano. En el clima económico actual, es la única manera de mantenerse a la cabeza en el juego de los negocios a largo plazo.

El Sr. Vladimir arrugó la nariz al hablar, lo que le hizo parecer aún más a Mole.

—¿Y cómo os proponéis hacer eso?

Respondí:

—Proporcionando una campaña multifacética dirigida

tanto al mercado gay como al heterosexual, así como estrategias educativas y en línea.

Los tres parpadearon, sin parecer entender nada.

Cameron fue el siguiente en hablar. Habló, y ellos le escucharon. Me pregunté brevemente lo orgulloso que estaría su padre, sentado justo en la habitación de al lado, viendo a su hijo ahora mismo.

La voz de Cameron era tranquila, pero fuerte. Le miraban y le escuchaban como si estuvieran aquí en *su* momento, y no al revés. Diablos, hasta yo me sentía como si estuviera en su momento.

Les dio cifras, porcentajes y tasas de proyección, y luego volvió a llamar sutilmente su atención sobre las tendencias del consumo. Lo cual fue mi señal para elaborar conceptos de diseño, marketing de enfoque y publicidad selectiva.

Entonces di la vuelta a seis de los ocho tableros de conceptos visuales para mostrar a los tres visitantes lo que habíamos pasado las últimas sesenta y cinco malditas horas intentando perfeccionar.

Tenían buena pinta, aunque yo mismo lo dijera. Seis tableros; tres heterosexuales, tres homosexuales. Todos exactamente iguales.

La imagen de la delicada mano de Ashley sumergiéndose bajo los vaqueros de Ben coincidía con la de los largos dedos de Cameron rozando la cintura de los míos. Ambas imágenes estaban envueltas en azul, ambas imágenes eran casi perfectas como un espejo. Excepto que una era de un hombre y una mujer, y otra de dos hombres.

El siguiente par de imágenes eran de torsos. La fotografía con los brazos bien musculados de Ben alrededor de la diminuta cintura de su esposa coincidía con la foto de mis brazos alrededor de Cameron -cuando estábamos en la pista de baile-, mis brazos le rodeaban, mis dedos extendidos sobre su piel. Ambas imágenes estaban teñidas de rosa para que coincidieran con el destello de las luces de la discoteca.

Y la tercera era de los pies. Mi favorita. Eran en tonos amarillos, el delicado pie de Ashley con las uñas pintadas descansando sobre el de Ben. Estaban abrazados, una posición fácilmente detectada por la posición de sus pies. Igual que la de los pies míos y de Cameron... sus pies largos y pálidos con arcos perfectos y dedos perfectos... con mis pies entre ellos.

La expresión de piedra del señor Makenna no cambió. Las cejas de Carmen se alzaron, como si se sorprendiera en silencio por las imágenes, mientras que el señor Vladimir arrugó la nariz.

—No hay ninguna diferencia entre ellos —dijo afirmando lo jodidamente obvio.

O era nuevo en esto, o no sabía nada de publicidad. Posiblemente ambas cosas. Con más decoro que yo, Cameron sonrió amablemente.

—Eso es porque no hay diferencia entre las parejas, Sr. Vladimir. Sin embargo, una pareja, por término medio, comprará tres veces más cantidad de su producto que la otra. —Se levantó con confianza, se dirigió a la ventana y juntó las manos en la espalda. Ni siquiera les miraba. Les dijo que, estadísticamente, los hombres homosexuales tienen más relaciones sexuales y que la población gay era más activa sexualmente entre los 18 y los 35 años, y que tenía, en promedio, una renta nacional disponible en millones, y que ese era un mercado que simplemente no había que ignorar.

El señor Makenna miró a Cameron y luego a mí. Pude ver que estaba pensando, pero aun así no dijo nada.

Tomando la palabra, les sonreí.

—Esta forma particular de publicidad puede utilizarse

en revistas femeninas, masculinas, en línea, en vallas publicitarias... las posibilidades son infinitas. —Miré a cada uno de ellos por turno—. Los anuncios de televisión serían lo mismo; intercambiar la pareja heterosexual con la pareja gay. Las mismas posiciones, la misma falta de ropa, todo será igual, excepto que una pareja es del mismo sexo. —Miré a Makenna—. Sé que podéis pensar que es arriesgado, que es provocativo. Pero el objetivo de esto es no discriminar entre homosexuales y heterosexuales, asegurando así que al menos el ochenta por ciento del mercado gay se incline por comprar Lurex.

La Sra. Renata y el Sr. Vladimir asintieron, pensativos.

Continué:

—Tengo unas imágenes de vídeo que me gustaría compartir. Contiene un lenguaje no apropiado para oídos delicados —dije dedicando una sonrisa a la señora—. Pero si la señora Renata lo aprueba, creo que es beneficioso para la dirección de esta campaña.

Carmen Renata me sonrió.

—Lucas, ¿no es así?

—Sí, señora —confirmé mi nombre.

—Lucas, está bien. No me importa el lenguaje —dijo con una sonrisa tímida—. Gracias por el aviso.

Sí, le gustaba. Me arriesgué a echar una rápida mirada a Cameron, y me di cuenta de que quería poner los ojos en blanco, pero no lo hizo.

—Esto es... un grupo de discusión improvisado —expliqué mientras iniciaba la grabación. Los tres observaron cómo aparecía en la pantalla, formulando preguntas a mi público del club nocturno. Pero lo que más nos interesaba eran las respuestas de los hombres que respondían.

—Una empresa como Lurex no tendría los cojones de

poner a hombres homosexuales en una campaña publicitaria.

—¡Ya era hora de que una empresa de condones se pusiera al día con el siglo XXI!

Mi voz sonó en la pantalla, mientras preguntaba al público:

—Si siempre usarais preservativos Lurex, pero otra empresa sacara preservativos para hombres gays, ¿los compraríais?

—¡Joder, sí!

—¡Claro que sí!

Observé las tres caras mientras veían la grabación mientras se hacían y respondían otras preguntas. Sólo duró un minuto, pero fue corto, claro y efectivo. Cuando terminó, dije:

—Hemos leído todo el marketing de grupo que ha hecho Lurex a lo largo de los años, pero nada tan honesto como esto, ¿no os parece?

La Sra. Renata sonrió pensativa, y el Sr. Makenna ladeó la cabeza, contemplativo. Pero aun así no dijo nada. El señor Vladimir arrugó la nariz, de nuevo. Aquel hombre empezaba a no gustarme. Abrió la boca para decir algo, pero Cameron habló en su lugar.

—La siguiente línea está dirigida tanto a la educación como al marketing —su voz fue muy suave—. Sistemas de salud, proveedores, hospitales, centros comunitarios, centros juveniles, institutos, colegios.

Giró las dos pizarras restantes para ponerlas frente a ellos, y sus reacciones fueron inmediatas.

Las dos pizarras eran en blanco y negro; un hombre, una mujer; ambos demacrados, fotografiados y obviamente enfermos. En cada una de ellas había algo escrito: "Los preservativos cuestan menos de un dólar. No usar uno me costó todo" y en el segundo se leía: "Un condón cuesta 80 centavos. ¿Qué te costará a ti?"

Cameron les dijo:

—Publicidad Fletcher hace donaciones a un centro local de ayuda que se especializa en la atención del VIH. He filmado esto allí —dijo iniciando la presentación visual. Comenzaron las imágenes de los dos pacientes, Amy y James, y nuestros tres invitados las observaron en silencio.

Fue una experiencia muy real y muy confrontadora. Sentí escalofríos al verlo, al escuchar sus breves pero trágicas historias, cómo el mero coste de un preservativo, o lo que es más importante, la falta de él, les costó tanto.

Cameron detuvo la grabación y los tres ejecutivos de Lurex le miraron fijamente. Frunció el ceño con tristeza y les dijo:

—Creo que ya lo habéis entendido.

Entonces Cameron les dijo que sabía que era responsabilidad del gobierno proporcionar educación sobre salud y seguridad. Sabía que era arriesgado tener una asociación negativa con el producto, pero también sabía que Lurex donaba más de un millón de dólares a la investigación cada año. Un hecho que Lurex no anunciaba al público.

Un hecho que *deberían* anunciar.

La Sra. Renata y el Sr. Vladimir asintieron, y el Sr. Makenna habló por primera vez.

—Nos estáis pidiendo que dejemos nuestro actual sector de la Publicidad. ¿Por qué deberíamos dejar a Publicidad Initiate? Llevamos años con ellos.

—Sí, así es —aceptó Cameron con calma—. Y hasta ahora os han servido bien. Pero no os llevarán más lejos.

—¿Y cómo lo hará Publicidad Fletcher exactamente?

—Con todos nuestros clientes —intervine—, tenemos un periodo inicial en el que utilizamos ciertas herramientas de red para medir la reacción del público. Si creemos que la campaña no está logrando lo que debería, la reevaluaremos.

La señora Renata pareció un poco sorprendida.

—¿Herramientas de red?

Asentí.

—Dependiendo del producto y de la edad a la que se dirige, utilizamos diferentes formas de medios de comunicación para obtener información en tiempo real. Dado que el rango de edad objetivo de Lurex es de 18 a 35 años, nos centraríamos en las redes sociales.

El Sr. Vladimir frunció la nariz.

—¿*Facebook* y *Twitter*?

Le miré directamente a los ojos.

—Entre otros, sí. —Luego, mirando a los otros dos miembros de Lurex, expliqué—: El uso de estos sitios nos da una respuesta inmediata y honesta. No lo que un mercado objetivo dijo hace seis meses, no lo que otros grupos de discusión fueron pagados para decir, sino lo que el consumidor -el cliente que paga- piensa, en ese mismo momento.

Miré al Sr. Vladimir.

—No hay que descartar el uso de estos sitios. Son gratuitos, llegan a un mercado de millones de personas a diario, son fácilmente accesibles y están en tiempo real. No hace seis meses, ni la semana pasada, sino —di un golpe en la mesa—. Ahora. Ya.

Cameron dijo:

—Publicidad Fletcher sólo ha tenido sesenta y cinco horas para investigar todo lo que ofrece Lurex, y en ese tiempo hemos descubierto que su presencia en Internet es muy deficiente. En Publicidad Fletcher contamos con personas especializadas que pueden situaros a años luz de vuestros competidores en Internet. Así que —comenzó Cameron a concluir—, hemos ofrecido tres componentes:

las parejas hetero/gay, la línea educativa "¿qué te costará?" y la incorporación de estos a nuestra estrategia en línea.

Y rematé:

—Por supuesto, tendríamos que dedicar más tiempo a establecer objetivos realistas a corto y largo plazo para determinar qué estrategia es la más adecuada.

Charles Makenna nos miró a los dos y casi pude oír cómo le daba vueltas la cabeza.

—Sin duda habéis hecho los deberes.

Respondí:

—Por supuesto que sí. No deberías esperar menos de la empresa que pondrá el nombre de tu producto en todas las formas de publicidad que existen.

—¿Y habéis hecho todo esto en sesenta y cinco horas?

Asentí. Se notaba que estaba impresionado. Entonces me preguntó:

—¿Qué harías diferente si tuvieras más tiempo?

Miré a Cameron.

—Nada —dije. Luego volví a mirar al Sr. Makenna y le dije directamente—: No haría nada diferente.

El Sr. Makenna se quedó callado un momento y luego preguntó:

—¿Cómo sabéis que esto va a funcionar?

—Porque somos los mejores en lo que hacemos —le dijo Cameron sin más—. Y porque tú sabes que lo hará. Diriges una empresa multimillonaria. Sabes lo que funciona. Y sabes, sin duda, que esto funcionará.

El Sr. Vladimir hizo su mejor Mole del Viento en el Sauce.

—Decidnos de nuevo, ¿por qué deberíamos utilizarlo?

Estaba a una mecha corta de Texas de despejar la mesa y romperle la puta nariz, y Cameron debió percibir mi estado de ánimo, porque respondió.

—Sr. Vladimir, usted es un hombre de números, ¿verdad?

La habilidad de Cameron para leer a la gente era acertada. El hombrecillo tonto asintió con orgullo.

Cameron sonrió.

—Debería recurrir a nosotros porque no quiere explicar a sus accionistas por qué rechazó la oportunidad de aumentar sus beneficios al menos otro cinco por ciento en los próximos doce meses.

Fue breve, pero lo vi. La comisura del labio del señor Makenna se torció en dirección ascendente.

Una sonrisa. Se volvió hacia sus compañeros.

—Carmen, Stefan, si no os importa, me gustaría tener un momento —les pidió muy diplomáticamente que se fueran.

La expresión de sus caras me decía que esto no ocurría a menudo. Se puso de pie con ellos, pero esperó a que se fueran para dirigirse a nosotros. Esta vez sonrió de verdad.

—¿Siempre estáis tan seguros de vosotros mismos?

Cameron y yo respondimos al mismo tiempo.

—Sí.

El Sr. Makenna sonrió. Era un hombre mayor, probablemente de unos cincuenta años. Me recordaba extrañamente al joven Frank Sinatra, pero con el cabello más oscuro. Entonces, como si me hubiera leído la mente, dijo:

—¿Puedo ser franco?

Estuve a punto de reírme, pero lo disimulé con una tos. Cameron me lanzó una mirada de advertencia, antes de volverse hacia nuestro invitado.

—Por supuesto.

El Sr. Makenna se apoyó en la gran mesa de conferencias.

—Es una campaña muy completa la que habéis puesto

hoy sobre la mesa, señores. Tengo que admitir que estoy impresionado.

Intenté no sonreír, mientras Cameron le miraba como si no esperara menos.

Makenna continuó:

—Tiene cojones. Es valiente y honesta. Me gusta. Promover el concepto gay nunca es fácil, pero creo que lo habéis hecho bien. Sé que ambos sois los mejores en lo que hacéis —repitió nuestras propias palabras. Luego suspiró—. Los dos sois unos vendedores excepcionales... muy seguros de vosotros mismos... —sus palabras se desvanecieron, y por un momento pensé que iba a decir que no—. ¿Hasta *qué* punto estáis seguros de que este aspecto gay funcionará?

—Sr. Makenna —empecé, pero Cameron me cortó.

—Sé que esto funcionará, Sr. Makenna —dijo, sus ojos se dirigieron a la cámara de seguridad y luego de nuevo al hombre frente a nosotros—. Sé que esto funcionará, porque soy gay.

Maldita sea.

Miré al señor Makenna, tratando de hacer parecer que la confesión de Cameron no era nada fuera de lo normal. Pero mi corazón latía con fuerza. Maldita sea. El padre de Cameron, el Sr. Fletcher estaba mirando, escuchando. Un hecho del que Cameron era muy consciente, y acaba de salir.

Santa. Mierda.

Santa. Jodida. Mierda.

Una lenta sonrisa se extendió por el rostro de Makenna, una sonrisa cálida, casi agradecida. Los ojos de Cameron miraron por encima del hombro del hombre, y supe que estaba mirando la cámara que alimenta el circuito cerrado de televisión. Estaba mirando a su padre.

Mirando de nuevo a Makenna, Cameron dijo:

—Conozco este mercado objetivo. Conozco el producto. Y lo más importante, conozco la publicidad. Esto. Funcionará.

Dadas las circunstancias, hice lo único que podía hacer. Me puse al lado de Cameron. Por mucho que quisiera tranquilizarlo, abrazarlo, tocarlo, no lo hice. Me limité a estar a su lado, en una muestra de apoyo, o un frente unido, si se quiere ver así. Necesitaba hacerle saber que estaría a su lado.

Makenna asintió, y yo seguía jodidamente conmocionado. Mi corazón latía con fuerza. Sólo podía imaginar cómo el de Cameron debía estar latiendo al doble de velocidad.

Entonces el señor Makenna lo aceptó con una sonrisa y un movimiento de cabeza, como si no pudiera creer toda esta experiencia surrealista.

—Haré que mi equipo legal se ponga en contacto para los contratos —dijo. Estrechó la mano de Cameron, luego la mía, y salió por la puerta.

Maldita sea.

Lo logramos.

Lo hemos conseguido, joder.

Miré al hombre que estaba a mi lado y susurré:

—Cameron.

Me miró, asintió y me susurró:

—Lo sé.

—Tu padre...

Asintió y tragó saliva.

—Lo sé.

Entonces se abrieron las puertas dobles detrás de nosotros, las que unían la sala de conferencias con el despacho del señor Fletcher. Nos giramos para encontrar al padre de Cameron allí de pie.

No me miró. Miraba fijamente a su hijo.

Me volví para mirar a Cameron. Tenía los ojos muy abiertos, estaba pálido y respiraba pesadamente.

—Cameron, mírame —le dije, sólo a él. Lo hizo, y sus ojos parpadearon hacia los míos. Necesitaba saber que no tenía que pasar por esto solo.

—¿Quieres que me quede?

Miró de mí a su padre y luego al suelo entre nosotros. Negó lentamente con la cabeza.

—No.

—Os daré un minuto a los dos —dije mientras me giraba para mirar al señor Fletcher. Su expresión facial era una que nunca le había visto. No podía estar seguro, pero parecía estar al borde de las lágrimas.

Me dirigí a las puertas dobles que Makenna acababa de atravesar y me di la vuelta para cerrarlas tras de mí. Pero antes de que las pesadas puertas de madera se cerraran, vi al señor Fletcher cruzar la habitación rápidamente y rodear a su hijo con los brazos.

14

ESTOY... EMPEZANDO A VER LAS VENTAJAS DE LOS RELOJES CON CUENTA REGRESIVA

VOLVÍ A MI OFICINA ATURDIDO.

Teníamos el contrato de Lurex.

Y Cameron acaba de salir del armario.

La cabeza me daba vueltas y creo que necesitaba sentarme. Me deslicé en la silla de mi escritorio, mi cabeza cayó hacia atrás y mis ojos se cerraron.

Oí que se abría mi puerta y la voz tranquila de Rachel.

—¿Lucas?

Abrí los ojos. Estaba de pie en la puerta con Simona, ambas con los ojos muy abiertos, sorprendidas pero sonriendo.

—¿Lo habéis visto? —pregunté. Asintieron.

—Cameron... El Sr. Fletcher... —dijo Rachel, aparentemente sin palabras.

Hice un gesto a las dos chicas para que entraran, y cuando la puerta se cerró tras ellas, miré a Simona.

—¿Estará bien? —Ella sabía que me refería a Cameron. Sabía que su padre lo había abrazado, lo había visto. Pero seguía preocupado por él—. Si Cameron sale de allí molesto, te juro que si su padre se lo pone más difícil...

Simona negó con la cabeza.

—No Lucas, no lo hará. Estoy segura de ello.

—¿Oíste algo de lo que le dijo? —pregunté.

Rachel negó con la cabeza.

—Apagamos el monitor cuando el señor Fletcher lo abrazó. Nos fuimos.

Simona me preguntó:

—¿Sabías que era gay?

Asintiendo, le dije:

—Me lo dijo.

Ella sonrió.

—Le dije que podía decírtelo.

Miré a Rachel y me explicó:

—Nunca lo supe con certeza, interpreta muy bien el papel de heterosexual. Pero Simona me dijo el viernes por la noche, cuando salimos de casa de Cameron, que debíamos dejaros solos. Y entonces lo supe, con seguridad.

Miré a Simona.

—¿Cuándo te lo dijo?

Ella asintió.

—Es una larga historia, pero basta con decir que un fin de semana en el que trabajábamos juntos, yo... —hizo una mueca—. Le tiré los tejos, y él puso cara de horror. Lo adiviné.

Me reí. *Horrorizado*. Me lo imaginaba.

—Auch —dijo Rachel.

Simona asintió y se rio.

—No fue tan incómodo como podría haber sido. Entonces yo era la única en la que podía confiar —añadió en voz baja.

Hubo un momento de silencio entre los tres. Todavía no podía creer que lo hubiera dicho con su padre en la audiencia. Me pregunté qué le había llevado a hacerlo, cuál fue el factor decisivo y tomé nota mentalmente de preguntárselo cuando tuviéramos dos minutos a solas.

Sonreí ante la idea de estar a solas con él. Le dije, dos veces, que quería verlo fuera del trabajo. Y lo hacía. La palabra "cita" había sido incluso mencionada...

—¿Qué te hace sonreír? —preguntó Rachel mirándome.

Ni siquiera me di cuenta de que estaba sonriendo. Joder, me sentía como un colegial mareado.

—Nada —les dije aunque creo que podían adivinar—, Venga, vamos a recoger esto —sugerí mirando los montones de papeles y archivos. A pesar de la grave falta de sueño, me sentía un poco sobreexcitado. Di una palmada—: Ahora comienza el verdadero trabajo.

Hubo un rápido golpe en mi puerta antes de que se abriera, y la cara sonriente del Sr. Fletcher me saludó.

—Lucas —dijo entrando en la habitación—. ¡Conseguisteis a Lurex! —gritó.

—¡Claro que sí! —dije con una sonrisa. Seguí recogiendo los archivos en mi escritorio mientras le hablaba—. Cameron se hizo dueño de la situación. Desde la primera palabra que dijo, los convenció.

El Sr. Fletcher miró hacia la puerta, mis ojos siguieron automáticamente los suyos y vieron a Cameron de pie, escuchando.

—Tú también hiciste tu parte —dijo entrando lentamente—. De las tres partes de toda la campaña, dos fueron tuyas.

Me sonrió. Parecía cansado, agotado, en realidad. Le devolví la sonrisa.

—La modestia no os sienta bien a ninguno de los dos —dijo el Sr. Fletcher con una carcajada. Se acercó a nosotros, positivamente resplandeciente y nos puso una mano en cada hombro—. Sé que dije que quería una reunión con vosotros, pero id a casa. Dormid. Los dos. No quiero que ninguno de los dos ponga un pie en esta oficina hasta el miércoles a las 9 de la mañana.

—Pero —empecé a objetar, mirando el papeleo en mi escritorio.

—¿Estás discutiendo conmigo, Lucas? —preguntó el señor Fletcher con una sonrisa.

—No, señor.

Se rio y casi nos empujó hacia la puerta. Cogí rápidamente mis cosas y me di cuenta de que había venido a la oficina con Cameron. Me giré y le recordé:

—Mis llaves y mi coche están en tu casa.

Él bostezó.

—No te preocupes. Te llevaré hasta allí.

—De acuerdo —dije y él ahogó otro bostezo.

—Quizá debería conducir yo —sugerí.

—Ni de coña —murmuró—. No vas a conducir mi coche. —Y con eso se dio la vuelta y caminó hacia los ascensores.

Miré al señor Fletcher, a Rachel y a Simona. Todos nos sonreían. Puse los ojos en blanco y seguí a Cameron hasta el ascensor. Cuando entramos y nos dimos la vuelta, los tres nos miraban, sonriendo.

Había otras personas en el ascensor con nosotros, así que no podíamos hablar abiertamente. Aunque no pude evitar mirarle y sonreír. Bostezó dos veces más, y cuando llegamos a su coche en el sótano, volvió a bostezar.

—Agh —gimió negando con la cabeza—. Estoy muy cansado.

—Dame tus llaves —dije en voz baja—. Déjame conducir.

Hizo un mohín, pero entregó de mala gana las llaves de su coche. Cameron se dejó caer en el asiento del copiloto, con la cabeza apoyada en el reposacabezas y los ojos cerrados. Parecía cansado, hermoso... pacífico.

—Cameron —dije en voz baja, conduciendo el coche hacia el tráfico—. ¿Estás bien?

—Mm hm —murmuró lo que creo que era un sí. Su cabeza se inclinó, mirando hacia mí y sus ojos se abrieron lentamente—. Sí.

—Un gran día, ¿eh?

Resopló.

—Podría decirse que sí. —Negó con la cabeza—. Hoy he salido del armario con mi padre —dijo como si yo no lo supiera ya.

Sonreí.

—Y ahí estaba yo, pensando que Lurex era lo más importante en la agenda de hoy. —Sonrió, pero se quedó callado. Tenía los ojos medio cerrados, pero me miraba mientras conducía—. ¿Tu padre se tomó bien la noticia?

Sus ojos se cerraron de nuevo y asintió. Pero parecía triste, casi. Mis ojos pasaron de la carretera a su cara.

—¿Seguro que estás bien?

Mantuvo los ojos cerrados y asintió.

—Sólo estoy muy cansado.

No me lo creía.

—¿Cameron? —dije y sus ojos se abrieron—. ¿Dijo algo que te molestara?

—No —respondió—. Me abrazó y me dijo que estaba muy orgulloso de mí, que me quiere... —su voz tranquila se apagó.

—Eso es bueno, ¿verdad? —pregunté mirando de su cara al tráfico y de nuevo a él.

Asintió, pero luego frunció el ceño. Y supe que algo se

había dicho entre ellos, algo que le molestaba, algo que no quería decirme.

—Cameron, por favor, habla conmigo.

Me di cuenta de que estaba agotado y sus ojos volvieron a cerrarse lentamente.

—Se lo tomó demasiado bien —dijo en voz baja—. Si supiera que se lo iba a tomar así de bien... me hizo preguntarme cuánto de mi vida he desperdiciado.

—Oye. —Me acerqué y apreté su mano—. Nada, ni un minuto. No lo pienses así.

Se encogió de hombros, no convencido.

—Estoy muy cansado —volvió a murmurar.

Se adormiló mientras yo tuve que concentrarme en la conducción durante unos minutos, y pronto estábamos llegando a su casa.

—¿Cameron? —Le froté el muslo para despertarlo—. Vamos, te ayudaré a entrar.

Me refunfuñó, pero le ayudé a entrar y le seguí mientras subía las escaleras a trompicones. Se dejó caer literalmente sobre su cama, completamente vestido. Le observé durante un segundo antes de decidir ayudarle quitándole los zapatos, revelando un calcetín de Clark Kent y otro de Superman. Se rio y murmuró algo sobre mí y los pies.

—Pensé que estabas dormido —dije.

Sonrió y trató de abrir los ojos.

—No sé por qué estoy tan cansado —murmuró.

—Cameron, has dormido unas diez horas en tres días. Y hoy te has revelado —le recordé suavemente—. Eso es un gran peso que te quitas de encima. Es un desgaste emocional enorme.

Asintió y entrecerró los ojos mientras el agua se acumulaba en sus pestañas. Se cubrió los ojos con las manos, tratando de ocultar las lágrimas, pero se le escapó un sollozo silencioso.

Oh, Cameron.

Me senté a su lado y le quité las manos de la cara.

—No tienes que esconderte de mí —le dije suavemente frotando su mejilla con mi pulgar—. Tienes derecho a llorar, Cameron. Estás agotado y ha sido un día estresante y emotivo.

Cayeron nuevas lágrimas y él negó con la cabeza, traicionado por sus propias emociones. Maldijo en voz baja:

—Joder.

Me incliné y le besé la mejilla.

—Está bien Cameron. Estarás bien.

Asintió y apretó mi mano. Sin abrir los ojos, susurró:

—¿Te quedas?

Pensando que probablemente no debería estar solo en este momento, me quité los zapatos y me acosté a su lado. Y por primera vez en toda mi vida, me quedé dormido con un hombre, no agotado por el sexo, ni por una borrachera.

Sino sosteniendo su mano.

ESTABA TAN CÓMODO. Me sentía cálido y acogedor, en ese lugar dichoso y soñador entre el sueño y la vigilia. Sentía que debía dormir más tiempo, pero de alguna manera -un puto milagro para mí- me sentía extrañamente feliz de estar despierto.

Hasta que mi cómoda almohada se movió.

Y la manta que me mantenía caliente se movió.

Refunfuñé con sueño y entonces mi almohada y mi manta se rieron.

Levanté la vista, tratando de dar sentido a mis pensamientos, y lo vi.

Cameron.

Mi almohada y mi manta eran Cameron; un Cameron medio dormido que se reía. Gemí y dejé que mi cabeza cayera sobre su pecho, sus brazos me rodearon.

—Me preguntaba por qué se movía mi almohada.

Volvió a reírse y pude oír el sonido resonar en mi oído. Me despegué de él y estiré las piernas. Los dos seguíamos completamente vestidos con nuestros pantalones y camisas de traje y yo estaba tumbado justo a su lado, nuestros costados seguían tocándose. Apoyé la cabeza en mi brazo doblado.

—¿Te sientes bien?

Asintió y sonrió tímidamente.

—Gracias por quedarte. Y siento haberme puesto sentimental antes.

—Cameron —dije, mi voz y mi mirada eran serias—. No te disculpes. Tú, mi querido hombre, eres un hombre gay declarado y orgulloso. Mantén la maldita barbilla en alto, ¿de acuerdo?

Inhaló bruscamente y sus ojos brillaron.

—Ya no tengo que esconderme ¿verdad? —preguntó suavemente, una afirmación más que una pregunta.

Negué con la cabeza y le sonreí, y tuvimos otro de esos momentos en los que simplemente nos miramos. Se podría pensar que estaba acostumbrado a ellos. Había tenido tantos con él, pero aun así me hacían palpitar el corazón de forma extraña. Entonces levantó la mano y deslizó sus largos dedos por mi mandíbula, provocándome escalofríos.

—Lucas —dijo mi nombre y luego me acercó para poder besarme.

Abrí la boca para él. Fue un beso lento, somnoliento y

lánguido, con labios suaves y lenguas perezosas. Tenía los ojos cerrados y estaba muy metido en el beso. Su mano mantenía mi mandíbula mientras su otro brazo rodeaba mi espalda.

Sin romper el beso, me incliné sobre él, de modo que me acosté encima. Apoyé mi peso en los codos y mis manos se acercaron a su cara. Gimió cuando acomodé mis caderas contra las suyas y nuestras pollas se tocaron a través de la tela de nuestros pantalones.

Inclinó la cabeza y abrió más la boca, mientras pasaba sus manos por mi espalda. Me sacó la camisa del pantalón de traje, y entonces pude sentir sus manos en mi piel, sobre mi espalda, mis hombros. Me agarró. Sus dedos trataron de encontrar el camino, pero mi camisa debió de interponerse.

Porque entonces intentaba desabrochar los botones, su boca me besaba la mandíbula y gruñía de frustración. Podía sentir la urgencia en el temblor de sus manos.

Le quité las manos de la parte delantera de la camisa y las sujeté a los lados. Sus ojos se abrieron de par en par y sonreí.

—Despacio, Cameron. Despacio —dije besando su cuello—. Dije que quería tomarme mi tiempo contigo.

Gimió, así que le mordí suavemente la manzana de Adán. Pude sentir cómo se le movía la polla. Le solté las manos y me puse de rodillas, una a cada lado de sus caderas. Desabroché los botones de su camisa, abriendo cada uno de ellos lentamente, burlonamente. Sus ojos eran oscuros, sus labios estaban rojos e hinchados, pero sonrió.

—Me vas a matar —dijo con la voz cargada de deseo.

Le abrí la camisa y me incliné para besar sus labios.

—Muchas muertes —susurré con mi nariz rozando la suya—. Muchas, muchas muertes.

Se rio y me tomé mi tiempo para desnudarlo. Expuse

cada centímetro de su piel como un regalo, sólo para mí. Apreté mis labios contra su pecho, su estómago, su cadera, su muslo. Arrodillado entre sus piernas, levanté sus pies y le quité los calcetines. Me despedí de Superman y de Clark Kent, haciendo que Cameron negara con la cabeza y se riera. Sin dejar de sujetar uno de sus pies, le mordí el perfecto arco del pie, rechinando juguetonamente mis dientes a lo largo de su piel. Él sonrió, pero respiraba más fuerte, sus ojos estaban más oscuros.

No tuve el mismo cuidado con mi propia ropa, me la quité rápidamente y la tiré al suelo. Estaba desnudo ante mí y cuando estuve desnudo entre sus piernas, me incliné sobre él una vez más.

—Cameron, dime ahora si no quieres esto...

Sin decir nada, se inclinó hacia su mesilla de noche, abriendo el cajón y sacando paquetes de papel de aluminio y un frasco de lubricante. Pero necesitaba oírselo decir.

—Dímelo.

Su voz fue ruda y tranquila.

—Te deseo. —Sus manos me acariciaron la mandíbula, el cuello—. Quiero que me tengas, que me tomes... que me folles.

Una oleada de deseo me sacudió, y presioné mi boca contra la suya. Deslicé mi cuerpo contra el suyo, mi lengua contra la suya. El calor y el acero de su polla se frotaban contra la mía hasta que me aparté de él para poder abrir el paquete cuadrado de papel de aluminio y enrollar el preservativo en mi polla. Le miré, sin más palabras, sin más dudas.

Y entonces lo hizo: esa hermosa rendición. Abrió las piernas para mí.

Vulnerable, abierto y entregado, y yo lo devoré. Besé, lamí y chupé su cuello, sus pezones, su ombligo. Le lamí la polla y luego succioné las pelotas en mi boca. Se retorcía, gemía y suplicaba ante mis caricias, y no oyó el clic del frasco de lubricante. Cuando me llevé la gruesa cabeza de su polla a mi boca, se agitó y gimió, y le metí un dedo en el culo.

Jadeó y se retorció, y yo chupé y consumí. Masturbé su polla, acaricié de su saco y sondeé su culo. Se agarró a las sábanas a los lados y arqueó la espalda, y mientras su polla se deslizaba en mi garganta, introduje un segundo dedo en él.

Gritó y su polla se hinchó en mi boca haciéndome tararear y gemir a su alrededor.

Cuando introduje un tercer dedo en su culo, curvando mis dedos hacia su próstata, se arqueó y me folló la boca. Con un último grito, Cameron se puso rígido y su polla entró en erupción, descargando su caliente semen en mi garganta. Tragué todo lo que me dio.

Violentos escalofríos lo desgarraron y caí hacia delante sobre mis manos. Mientras él seguía con su orgasmo, introduje mi dolorida polla en su agujero. Sus ojos se abrieron de golpe, pero se cerraron lentamente mientras su cabeza se hundía en las almohadas, con el cuello marcado y en tensión. Su polla se sacudía, palpitaba y goteaba.

Empujé cada centímetro en su interior, y él lo tomó, todo de mí. Dios mío, este era Cameron. Me estaba follando a Cameron. Lo besé, dejando que se saboreara en mi lengua, follando su boca mientras le follaba el culo.

Pero fue lento, sensual, nos mecíamos y deslizábamos. Era tan jodidamente bueno. Sacó su boca de la mía y gimió en mi oído.

—He imaginado esto —susurró.

Me aparté, apoyándome en los antebrazos, para poder ver su cara. Mis caderas no dejaron de bombear dentro de él, lenta y profundamente.

—He soñado con esto —me dijo gimiendo y arqueándose con cada empuje.

—¿Es lo que imaginabas Cameron? —le pregunté al oído. Tomé el lóbulo de su oreja entre mis dientes y lo lamí—. ¿Lo es?

—Mejor. —Jadeó, arañando mi piel con sus uñas romas—. Joder, qué bien.

Alcancé una de sus piernas y la levanté, hundiendo mi polla más profundo dentro de él.

—Ah —gritó estremeciéndose y pude sentir su gruesa polla hinchándose entre nosotros.

—Todavía estás duro —gruñí en su cuello. Estaba apoyado en un brazo, sujetando su pierna con el otro, así que le dije—: Mastúrbate para mí.

Y así lo hizo. Deslizó su mano entre nosotros y la movió arriba y abajo, bombeándose a sí mismo mientras yo seguía follándomelo. No iba a poder aguantar mucho más; estaba demasiado apretado, demasiado caliente y yo estaba demasiado duro, demasiado cerca.

—Otra vez —gimió—. Dios mío, otra vez. Joder. Me voy a correr otra vez.

Y eso fue todo. Mi autocontrol se rompió.

—Síííí —siseé, caliente en su oído, empujando más fuerte—. Quiero sentir cómo te corres cuando estoy enterrado dentro de ti.

Su mano bombeó más rápido y yo empujé con más fuerza. Estaba justo ahí, tan cerca. Empujé con fuerza, llenándolo, una, dos, tres veces. Lo besé, larga y profundamente, mientras se corría de nuevo.

Me tragué sus gritos mientras su polla se derramaba, caliente y abundante, entre nosotros, mientras su apretado culo se cerraba en torno a mi polla. Me lo follé, duro, rápido, profundo, y la habitación giró, y no hubo ningún sonido mientras mi polla se vaciaba en el condón.

Cuando volví a flotar dentro de mi cuerpo, fui consciente de que me sentía caliente, sudoroso y pegajoso, y de que me sentía muy, muy bien. Era consciente de los dedos ligeros como plumas que trazaban patrones en mi espalda y de los besos en mi cabello.

No quería salir de él. Podría haberme quedado en su interior para siempre. Pero tenía que hacerlo y lo hice de mala gana. Lo mantuve abrazado y él me rodeó con sus brazos como si ninguno de los dos quisiera que terminara.

Nos quedamos así hasta que nuestra respiración se hizo más lenta.

—¿Ducha? —le pregunté.

—Claro —respondió—. Te traeré una toalla limpia.

Me apoyé en su pecho y sonreí.

—Vas a entrar conmigo —le dije—. Todavía no he terminado contigo.

Se rio, me quité de encima de él y lo ayudé a ponerse de pie con cuidado. Le pregunté si estaba bien, y me prometió que sí.

—En realidad, estoy mejor que bien —me dijo—. Mucho mejor que bien.

En la ducha, lo enjaboné y lo lavé, poniendo especial cuidado en su trasero. Le lavé el cabello, le besé los labios y cuando terminamos, lo sequé.

Entré en su vestidor y me serví de la ropa. Éramos de estatura y complexión similares, así que sus vaqueros y camisa me quedaban bien.

—No te importa ¿verdad? —pregunté con una sonrisa de satisfacción, arreglando los vaqueros.

Me observó, con una toalla alrededor de la cintura, y negó con la cabeza.

—En absoluto.

Le devolví la sonrisa.

—Quédate aquí, en tu habitación —le dije—. Nos tumbaremos en la cama y veremos algo de televisión —dije señalando con la cabeza la pantalla plana de la pared—. Voy a traer un poco de agua. ¿Quieres comer algo?

Negó con la cabeza, aun sonriendo.

—Quizá más tarde.

Cuando bajé las escaleras, lo primero que noté fue que estaba oscureciendo y no tenía ni idea de la hora que era. Lo segundo que noté fue ese maldito reloj de cuenta regresiva. Estaba parpadeando ceros hacia mí.

Y eso me dio una idea jodidamente genial.

Cogí dos botellas de agua y el reloj de cuenta atrás. Cuando volví a subir, me desvié hacia el baño para recoger la segunda bolsa de productos de Lurex.

Sonriendo como un tonto, volví a entrar en el dormitorio de Cameron. Estaba tumbado en la cama, vestido con unos vaqueros y una camiseta, apoyado en las almohadas y con el teléfono en la mano.

—Acabo de recibir un mensaje de mamá —dijo en voz baja, sin levantar la vista—. Quiere que la llame cuando me "despierte". —Parecía dudar.

—Cameron, te has revelado hoy —le recordé con suavidad—. Ella iba a querer hablar contigo.

Asintió y suspiró.

—Sí, lo sé. Sólo quiero un poco de tiempo para mentalizarme antes de que llegue la realidad —dijo—. No me estoy escondiendo.

Asentí.

—Lo sé. Tómate todo el tiempo del mundo. Van a querer hablar de ello y tienes que estar preparado.

Sonrió, aliviado. Luego miró lo que yo tenía en la mano.

—¿Qué estás haciendo?

Le sonreí. Dejé caer las botellas de agua sobre la cama y dejé caer la bolsa de Lurex en el suelo para poder poner el reloj de cuenta regresiva en su tocador.

Al enchufarlo, sonreí y le pregunté:

—¿Qué hora es?

Miró su teléfono:

—Um, ¿las seis y cuarto? —Realmente no tenía ni idea de lo que estaba haciendo. Hice rápidamente las cuentas y puse el reloj en hora.

38:45

—ESO, mi querido hombre, es el tiempo que tenemos antes de tener que volver al trabajo el miércoles por la mañana.

Me miró, claramente confundido.

Recogí la bolsa de papel marrón y volqué los artículos de Lurex sobre su cama. El consolador de color, la varita de próstata plateada y una serie de preservativos y paquetes de muestras de lubricante se desparramaron por las sábanas.

—Y así, mi querido hombre, es como lo pasaremos.

Una lenta sonrisa se dibujó en su rostro y me arrastré hasta la cama, besándole suavemente en los labios.

Luego me reí y me froté la barbilla, como si estuviera pensando.

—Sabes, si sacamos la pizarra, podríamos añadir tus preciosos incrementos de tiempo para cada producto —dije mirando el surtido de productos de Lurex con los que teníamos que jugar—. Ya sabes, para poder hacer un seguimiento de nuestra proporción producto/tiempo.

Jadeó, como si le hubiera ofendido, pero sonrió. Miró el

reloj, luego los productos de Lurex y después a mí. Me agarró de la camisa y me acercó la cara a un palmo de la suya. Sus ojos de color avellana se encendieron y se lamió los labios.

—Cierra la boca, Hensley. Estás perdiendo el tiempo.

15

ME ESTOY... ENAMORANDO DE ÉL

38:45

CAMERON ME BESÓ. Joder, cómo me besó... tan seguro, tan exigente. Su lengua era tan dominante en mi boca, sus manos eran fuertes y dominaban mi cuerpo.

Apartó su boca y ambos jadeamos.

—Dios —gimió besando mi cuello—. ¿Cómo podría querer más? Ya me has hecho correrme dos veces.

—¿Es eso un reto? —pregunté sin aliento—. Porque, mi querido hombre, puedo hacer algo mejor que sólo dos.

Sus ojos parpadearon y estaba a punto de decir algo, pero entonces mi teléfono vibró y Proud Mary, de Creedence, sonó desde mis pantalones de traje aún en el suelo.

Cameron me miró con una ceja levantada y una sonrisa de satisfacción, y yo le di un puñetazo en las costillas diciéndole:

—Es el tono de llamada de mi madre.

Se rio y se apartó de mí, y yo me bajé de la cama para recoger mi teléfono.

—Será mejor que lo coja —le dije.

Él sonrió.

—Voy a preparar algo de comida. Baja cuando hayas terminado.

Asentí y contesté al teléfono.

—¡Hola, mamá!

38:32

EN LA PLANTA BAJA, encontré a Cameron ocupado en la cocina picando verduras y otras hortalizas.

Me sonrió.

—¿Todo bien en casa?

Asentí.

—Sí. Acabo de tener problemas por no haberla llamado anoche. Suelo llamarla los domingos por la noche y anoche se me olvidó. —Me senté en el banco de la isla—. Estaba a punto de empezar a llamar a hospitales y comisarías —dije riendo y poniendo los ojos en blanco.

Cameron me miró y sonrió. Cuando me dio la espalda para calentar el wok, le robé un puñado de tiras de zanahoria. Volvió a mirarme.

—¿Has cogido de la tabla de cortar?

Negué con la cabeza y sonreí, tratando de tragarme la evidencia y posteriormente empecé a atragantarme.

Y el cabrón sonrió.

—Te lo mereces —dijo. En algo parecido a la simpatía, me entregó una cerveza.

—Sí, gracias —solté entre ataques de tos.

Se rio y traté de desalojar la zanahoria con un trago de

cerveza. Se rio cuando eso sólo hizo que tosiera más y que me lloraran los ojos, y lo insulté un puñado de veces.

Él sonrió, añadió un poco de esto y un chorrito de aquello de diferentes botellas de la despensa y, diez minutos después, estábamos comiendo salteado.

Estaba muy bueno. Para ser justos, era mejor que el mío. No es que se lo fuese a decir nunca.

37:48

HABLAMOS DURANTE LA CENA. Fue fácil, sin esfuerzo. Era realmente muy divertido. Me contó anécdotas de su juventud, cuando intentó que le gustaran las chicas y cuando se dio cuenta sin duda, de que era gay.

—¿Cuándo saliste del armario? —me preguntó.

—Tenía quince años. Mi madre me dijo que era gay.

—¿Tu *madre* te lo dijo? —preguntó incrédulo. Intentaba no sonreír.

—Habíamos estado viendo en televisión los saltos masculinos en piscina —le expliqué, y Cameron asintió en comprensión—. Me dijo que cerrara la boca porque estaba babeando.

Se rio.

—Tu madre parece una mujer increíble.

Puse los ojos en blanco.

—Oh, no tienes ni idea.

Él jugó con la etiqueta de su cerveza.

—Entonces, ¿siempre has sido abierto sobre quién eres? ¿Incluso en el instituto y en la universidad?

—Sí. —Asentí

Se estremeció un poco, como si salir del armario a los

veintiséis años no fuera suficiente, o que yo lo hiciera parecer fácil.

—Cameron, el instituto para mí fue un maldito infierno. Me molestaban, me acosaban, me pegaban... nombra lo que sea, lo atravesé.

Me miró con los ojos muy abiertos.

—Lo siento —dijo.

—¿Por qué? —pregunté—. No, no lo tuve fácil, pero cada vez que me insultaban, cada vez que me empujaban a las taquillas, sólo me hacía más fuerte, más decidido.

Nos quedamos en silencio por un momento. Recogí nuestros platos de la mesa.

—Nunca es fácil a ninguna edad —dije caminando hacia la cocina.

Él me siguió.

—Sabes, eso es lo que me hizo hacerlo.

Lo miré interrogante.

—Eso es lo que me hizo decírselo... a Makenna... salir así —explicó.

Detuve mi proceso de recogida de platos y lo miré prestándole toda mi atención.

—¿Makenna tenía cuánto, cincuenta años? ¿Tal vez cincuenta y cinco años?

Asentí.

—Sí, más o menos eso.

—Y tuvo que pedir a su personal que se fuera para poder hablar libremente —dijo Cameron—. Yo no quería ser como él. Me di cuenta, tengo veintiséis años. Cada día que lo callaba, era otro día que había perdido. No quería ser un viejo que todavía tuviera demasiado miedo de vivir, ¿me entiendes?

Asentí.

—Te entiendo.

—Y fue como un momento de ahora o nunca —dijo—. Las palabras... Sólo las dije. Mi corazón latía tan fuerte. Pensé que me iba a desmayar.

Le sonreí.

—Estuviste de puta madre —le dije haciendo que se sonrojara.

Entonces su teléfono sonó con otro mensaje.

—Agh —gimió—. Es papá.

Leyó el mensaje en voz alta. *Por el amor de Dios, por favor, ¡llama a tu madre!*

Me reí de él.

—Voy a poner orden. Saca a tu padre de la miseria y ve a llamar a tu madre.

Diez minutos después, había terminado. La cocina estaba ordenada, y me dirigí hacia el sonido de la voz de Cameron.

—Mañana por la tarde mamá, ven por aquí. Sólo necesito algo de tiempo... sí, lo haré... no, mamá, llamaré a Ben... mm, hmm —asintió. Luego sus ojos se dirigieron a los míos y habló por teléfono—: Bueno, en realidad, sigue aquí.

Hubo un breve silencio y luego me dijo:

—Mamá dice "hola".

Sonreí.

—Hola, señora Fletcher —dije lo suficientemente alto como para que me oyera.

Cameron se retiró el teléfono de la oreja y pude oír un chillido agudo. Cameron murmuró al teléfono:

—Sí, gracias, mamá. No es nada embarazoso.

Me reí y me arrodillé en el sofá junto a él. Lentamente, giré la pierna para quedar a horcajadas sobre él. Sus ojos se abrieron de par en par y su cabeza se echó hacia atrás para mirarme.

—Ah, mamá, tengo que irme...

Me incliné y le lamí la mandíbula. Él tarareó.

—... Sí, mañana...

Chupé el lóbulo de su oreja entre mis labios. Se estremeció.

—... que sea tarde... después de comer...

Raspé mis dientes sobre su cuello y mordí su piel. Jadeó.

—... Ah, vale... mmm... claro, adiós, mamá.

Tiró su teléfono sobre el sofá y gimió.

—No juegas limpio.

—Juego para ganar —dije con una risita, y arrastré mis labios por su mandíbula hasta su boca—. Ya hemos perdido bastante tiempo. Ese reloj de cuenta regresiva está terriblemente solo arriba.

36:08

ME ARRODILLÉ en su cama y le hice señas para que se acercara, tirando lentamente de él hacia la cama conmigo. Me eché hacia atrás, atrayéndolo conmigo, para que estuviera encima. Gimió y el sonido me puso la piel de gallina.

Le quité la camiseta, dejando al descubierto su hermoso pecho. Pronto se deshizo de la mía, y sus manos vagabundas recorrieron cada centímetro de mi piel.

Podía sentir el bulto y el calor de su erección. Y él podía sentir exactamente lo mucho que me estaba excitando.

Pero no se movió para quitarme los vaqueros. Al menos, todavía no.

35:28

. . .

GIMIÓ, echando la cabeza hacia atrás.

—Mmm, ahí está —gemí—. ¿Se siente bien, cariño?

El gimió su asentimiento.

—Joder, síííí.

Estaba arrodillado entre sus muslos, sus rodillas estaban levantadas. Una de sus manos masturbaba su gruesa polla y su otra mano introducía y sacaba la varita de la próstata de su culo bien lubricado.

Le miraba mientras lo hacía, animándole, mientras yo me acariciaba. Era tan jodidamente hermoso. El brillo del sudor que cubría su largo y pálido cuerpo; cómo sus músculos se agrupaban y contraían bajo su piel, sus abdominales y muslos se flexionaban cuando se acercaba al orgasmo. Su cara... Dios mío, su cara...

Tenía los ojos cerrados, la mandíbula tensa y la boca abierta.

—Joder, joder, oh joder —estaba gimiendo.

—Abre los ojos, cariño —le dije—. Mira lo que me haces.

Sus ojos se abrieron y me miró a la cara, luego sus ojos bajaron hasta mi polla. Me masturbé más fuerte, más rápido.

—Oh, joder, Luc, sí, por favor, por favor —gritó.

Su espalda se arqueó y apretó la polla, enviando semen a su estómago. Su orgasmo convocó el mío, sacado del interior de mis huesos, el placer tan puro brotó caliente y espeso sobre su piel.

34:16

—NO PUEDES TENERLOS —dije de nuevo—. ¡Son míos!

Se rio.

—Por favor, por favor —suplicó y batió las pestañas.

—Ni siquiera los deslumbrantes poderes del todopoderoso Cameron Fletcher me harán ceder —le advertí riendo—. Los calcetines de Han Solo y Chewbacca son míos.

Se puso de rodillas y se sentó a horcajadas sobre mí, inmovilizando mis brazos a los lados. Riendo y sonriendo maravillosamente, exigió:

—Di tu precio, Hensley.

32:04

—MMMM —gemí—. Justo ahí.

—¿Se sientes bien? —susurró en mi nuca.

—Oh, sí, muy bien —murmuré con la cara apretada contra sus almohadas. Estaba tumbado boca abajo y él estaba a horcajadas sobre mí. Yo estaba desnudo, él estaba desnudo y clavaba sus dedos tan talentosos masajeando en mis hombros.

Creo que se pasó un poco con el aceite de masaje Lurex Play, porque estábamos cubiertos de él.

Estaba resbaladizo y embadurnado completamente, y por alguna razón que sólo Cameron conoce, pensó que sería divertido intentar hacerme cosquillas.

Excepto que me sacudí cuando me clavó sus dedos en las costillas, y se deslizó fuera de la cama. Me reí tanto que tuve que orinar.

Me costó mis calcetines de Star Wars.

31:46

. . .

—¡OH, mierda! —gritó Cameron—. ¡Realmente brillan en la oscuridad!

Volví después de accionar el interruptor de la luz y me arrodillé de nuevo en la cama.

—¡Te lo dije! —Me acerqué a él arrastrando los pies, ambos de rodillas, con nuestras pollas iluminadas sobresaliendo entre nosotros.

Entonces se rio.

—Parecen sables de luz.

Oh, Dios mío.

No pude evitar reírme.

—Si empiezas a hacer ruidos de sable de luz, retiraré mis calcetines.

Resopló.

—Hmmmm, mira eso. Mi sable láser es más largo que el tuyo...

Jadeé, profundamente ofendido y sólo ligeramente divertido.

—El mío es más grueso —le siseé, empujándolo hacia atrás en la cama. Rodeé con mi mano su largo *sable de luz* verde—. ¿Qué tan divertido será con mi sable de luz enterrado en tu trasero?

Gimió, empujando sus caderas hacia mí, desafiándome, urgiéndome.

Quince minutos después, estaba a cuatro patas, retorciéndose y mi polla palpitaba profundamente en su culo. Podía ver el verde iluminado de mi polla desaparecer en su agujero, deslizándose dentro y fuera, más rápido, más profundo. Echó la cabeza hacia atrás y gimió largo y tendido.

Me incliné sobre él y le hablé con aspereza al oído.

—¿Cómo te parece ahora? ¿Suficientemente larga, suficientemente gruesa?

Y se levantó sobre sus rodillas y gritó un gruñido gutural mientras se corría en el condón que brillaba en la oscuridad. Su culo apretó mi polla y su cuerpo se convulsionó mientras le follaba con fuerza hasta que me corrí.

31:16

EXHAUSTO Y JODIDAMENTE SACIADO, encontré una toallita, la mojé con agua tibia y me ocupé de Cameron. Estaba casi dormido, boca abajo, así que lo limpié con cuidado.

Cuando me metí en la cama a su lado, apoyó su cabeza en mi pecho. Lo rodeé con mis brazos y se acurrucó en mí, ya dormido.

Le aparté el cabello y le besé la parte superior de la cabeza. Me quedé dormido muy satisfecho.

Y muy feliz.

23:34

ME DESPERTÉ LENTAMENTE Y, curiosamente, de muy buen humor. Había mucha luz, estaba muy a gusto y me sentía como si hubiera dormido una semana.

Pero me desperté solo.

Me estiré y finalmente me senté, mirando el desorden que habíamos hecho en la habitación de Cameron. Había paquetes de papel de aluminio por todas partes, algunos abiertos, otros no, las sábanas eran un desastre, había toallas en la cómoda y ropa en el suelo.

Parecía que dos tíos se habían pasado horas follando aquí mismo. Oh, espera.

Lo hicimos.

Sonreí.

Me levanté y me puse los vaqueros -bueno, en realidad eran los de Cameron- y me dirigí hacia abajo. Pude oírlo en la cocina y sonreí cuando lo vi.

Sólo llevaba unos vaqueros y una camiseta, estaba sin duchar y sin afeitar, preparando el desayuno.

—Ah, hola —dijo con media sonrisa—. Estaba preparando algo para comer. Me he despertado con hambre.

Me reí.

—No me sorprende —dije con una sonrisa—. Anoche quemamos algo de energía.

—Bueno, te despertaste de buen humor —dijo. Estaba tan jodidamente engreído.

Lo miré de arriba a abajo, desde su sonrisa engreída hasta sus pies descalzos oh-dulce-Jesús. Volví a mirar su cara.

—Bueno, no puedo llevarme todo el mérito.

Sonrió y se sonrojó, volviendo a su sartén.

—¿Te gustan los huevos con bacon?

—¿Vienen con café?

Sonrió.

—¿Puedes prepararlo?

Puse los ojos en blanco. ¿Qué clase de pregunta estúpida era esa?

22:12

. . .

—TOMA, coge de la esquina —me indicó.

Doblé la esquina de la sábana y levantando el colchón, la metí dentro.

—¿No sé por qué nos molestamos en rehacer la cama? Sólo vamos a estropearla de nuevo.

Se rio.

—¡Fue tu idea!

—Sí, bueno, las sábanas eran un desastre —le dije—. Pero míralo por el lado bueno... ¡Ahora podemos volver a ensuciarlas!

Recogí el consolador y me tumbé de espaldas en la cama recién hecha. —Sabes, todavía no hemos usado esto.

Cameron se mordió el labio y luego miró el reloj. Gimió:

—Mmmm, mamá y papá llegarán en unas horas.

—Unas horas, ¿eh? —reflexioné en voz alta. Mucho tiempo.

—Lo siento —se disculpó Cameron.

—¿Por qué?

—Pasar tiempo con mis padres probablemente no es como te imaginabas pasar las últimas veinte horas —dijo.

Le hice un gesto con el consolador.

—Ten por seguro que no lo es... Quiero decir que tu padre es un hombre guapo, pero es demasiado viejo para mí... —dije, bromeando con él.

Cameron jadeó, quedándose con la boca abierta. Me reí de su expresión, y me sorprendió lanzándose sobre mí, empujándome contra el colchón e inmovilizando mis manos a los lados de mi cabeza. Era engañosamente fuerte y rápido. Sonrió, mirándome con audacia en los ojos.

—¿Es así?

Sonreí y asentí.

—Sí, y además es heterosexual... realmente no es mi tipo en absoluto.

Se rio y, aun sujetando mis brazos, se sentó sobre mi estómago. Miré su entrepierna; la bragueta de sus vaqueros estaba justo delante de mí. Empujó sus caderas hacia delante.

—¿Ves algo que te guste? —me preguntó, agitando su polla tras la tela vaquera en mi cara—. Pareces un poco hambriento, Lucas —bromeó.

El Cameron juguetón era un Cameron peligroso y jodidamente sexi.

Gemí.

—Mmm, siempre. Ahora sé a qué sabes —le respondí—. Podría comerte la polla todo el día.

—Joder —gimió y yo me reí. No podía ganarme en este juego.

Seguía sentado sobre mí, pero me soltó los brazos, así que me levanté y le agarré las caderas.

Empujándolo hacia abajo, me senté, de modo que él estaba a horcajadas sobre mí. Su cara estaba cerca de la mía, le miré a los ojos y le dije:

—Unas horas es tiempo de sobra.

Él sonrió.

—¿Tiempo de sobra para qué?

Me lamí los labios y susurré bruscamente:

—Tiempo de sobra para follarte la cara con mi polla, y luego follarte el culo con el consolador hasta que me ruegues que te deje correr. Mucho tiempo para chuparte, lamerte, darte un beso negro y *luego* volver a follarte.

Se le cortó la respiración y puso los ojos en blanco.

Le sonreí.

—Pero antes de todo eso, *vas* a follarme.

Sus ojos se abrieron de par en par y le pasé las manos por el cabello, acercando su cara a la mía.

—Quiero tu polla en mi culo. Quiero saber qué se siente al tenerte dentro de mí.

Sus ojos se cerraron y se estremeció. Le di un beso en los labios, y él reaccionó besándome con fuerza, aplastando brutalmente su boca contra la mía. Profundo y lento, real y correcto. Me sujetó la cara, el cuello, sus dedos se envolvieron en mi cabello, y me derretí. Jodidamente derretido.

Mis huesos se convirtieron en gelatina caliente y caí sobre él. Empujó mi cuerpo hacia abajo, alineándome correctamente y asentó su peso sobre mí. Se sintió jodidamente divino.

Y correcto.

Nunca me sentí tan bien.

Me besó más profundamente, durante más tiempo, de alguna manera más suave. Estaba tan al mando de este beso. Y yo sabía que me entregaría a él. Lo sabía. Lo deseaba.

Había sido pasivo algunas veces y lo había disfrutado. Es decir, con la pareja adecuada era jodidamente genial.

Pero esto era diferente...

No sólo *quería* estar abajo con él. Lo *necesitaba*. Había un deseo en mi vientre, cálido y doloroso, que necesitaba que Cameron me follara. Un anhelo en la base de mi columna vertebral que sabía que sólo se saciaría cuando él estuviera dentro de mí.

Y eso era nuevo. Nunca había sentido eso antes.

Mi mente giraba en círculos y él seguía besándome, nuestras bocas estaban abiertas de par en par y su lengua se deslizaba lentamente contra la mía. Mis manos presionaban la parte baja de su espalda mientras él me apretaba contra el colchón. Y me golpeó, como una tonelada de putos ladrillos, mi deseo de entregarme a él, de dejar que me follara, no era un deseo físico. No era físico en absoluto.

Era emocional.

Me estaba enamorando de él.

Sintió que me congelaba debajo de él y retiró su boca de la mía. Sus ojos brillaban con lujuria y luz, y pensé que podría ver mi realización mirándole fijamente.

Sabía que él sentía lo mismo. Admitió que me había deseado durante meses, que yo era lo único en lo que podía pensar....

—Luc, ¿estás bien?

Pude sentir que mis ojos se abrían de par en par con la comprensión. Me estaba enamorando de él, como él se estaba enamorando de mí. Asentí. Estoy bien.

—Sí —intenté decir, pero mi voz fue apenas un susurro.

—¿Estás seguro de que quieres que...?

Asentí. Nunca había estado más seguro de nada.

—Cameron estoy seguro.

21:48

OH, joder.

Dolía. Un dolor tan bueno. Joder.

Me estaba chupando la cabeza de la polla, lamiendo con su lengua arremolinada, y bombeando mi eje. Y tenía sus dedos en mi culo, preparándome, estirándome.

Joder.

Joder.

—Cameron, por favor —le rogué—. Estoy listo. Te necesito, Cam... dentro de mí... cuando me corra...

No tenía sentido, pero mi mente estaba aletargada y mi cuerpo ardía. Mi piel ardía sin dolor, mis huesos estaban caldeados. Entonces se introdujo en mi interior, su larga y resbaladiza polla, estirándome, atravesándome, lentamente, con seguridad.

Y no era suficiente.

Levanté las caderas y rodeé su espalda con las piernas, y él cayó hacia delante sobre sus manos, con su polla empujando más profundamente dentro de mí.

—Oh, joder —respiró—. Oh, Dios.

Apoyándose en los codos, me echó el cabello hacia atrás. Sus manos acunaron mi cara y me besó, suavemente, con ternura. Su lengua recorrió mi boca, con amor, con reverencia. Estaba completamente dentro de mí, cada puto centímetro estaba enterrado en mí; podía sentir el ajuste de sus caderas en mi culo.

No empujó sus caderas. Se balanceaba, haciéndolas rodar suavemente, presionando más profundamente dentro de mí cada vez, mientras sus labios y su lengua permanecían infundidos en los míos.

Y no estábamos follando.

Creo que... Creo que...

...Estábamos haciendo el amor...

—Oh, Cam —jadeé.

Podía sentir su cuerpo temblar. Estaba tratando de evitar su orgasmo.

—Es demasiado —susurró contra mis labios—. Joder, Luc.

Apoyándose en un codo, deslizó su otra mano entre nosotros. Agarró mi polla, deslizando y retorciendo su mano por mi eje y sobre la cabeza.

Y empezó a murmurar en mi oído.

—Tan dura... joder, joder, tan apretado... tan caliente... mi polla... tan dentro de ti... nunca soñé... que pudiera ser tan bueno.

Su aliento era caliente y húmedo contra mi piel y en mi

oído. Y yo estaba justo ahí, tan cerca, en el borde, si él empujara más fuerte dentro de mí, me correría. No podía aguantar más. Me agarré a sus hombros y apreté mis piernas alrededor de él.

—Oh Dios, Cameron. Dios mío, fóllame, por favor. Fóllame, fóllame.

Se apresuró a apoyarse en una mano, cambiando el ángulo de su polla enterrada en mí y empujó con fuerza. Agarró mi polla endurecida con más fuerza, se empujó con tanta fuerza que me arqueé hacia él mientras entraba en erupción entre nosotros.

Creo que grité.

Creo que tuve una hermosa muerte.

Sólo era consciente de él. Sólo de Cameron. Se agitó y se estremeció y volvió a agitarse.

Todo su cuerpo se estremeció y con un gruñido agudo, se corrió. Pude sentir la oleada y la hinchazón de su polla en mi culo mientras llenaba, llenaba e inundaba el condón.

Cayó encima de mí, todavía empujando en mi interior, besando cada parte de mi cuello que podía alcanzar. Se retiró, aunque yo no quería que lo hiciera. Quería que se quedara sobre mí, dentro de mí, a mi alrededor. Cerré los ojos por un momento y luego me despertó, diciéndome que el baño estaba listo.

20:56

EL AGUA ESTABA CALIENTE y nos llegaba al cuello. Se sentó frente a mí, con sus piernas por fuera de las mías.

La bañera era profunda y grande, era una antigua original de hierro fundido. Era divina.

Mi cabeza se recostó contra las baldosas, mis ojos se cerraron, mi cuerpo estaba agotado. Había un silencio tranquilo entre nosotros y me daba tiempo para pensar.

La cruda constatación de que me estaba enamorando de este hombre estaba dando vueltas en mi cabeza. Era una idea a la que posiblemente podría acostumbrarme. Era un concepto nuevo para mí, en general, y no pude evitar preguntarme qué era lo que me había cautivado de él.

Entonces lo sentí.

Su pie. En mi pecho.

Abrí los ojos y su pie largo, pálido, húmedo, sus uñas pulcramente cuidadas, estaba a pocos centímetros de mi cara. Tenía los ojos cerrados y sonreía. Me estaba tomando el pelo porque sabía que me gustaban los pies... estaba jugando conmigo.

Así que agarré su pie y lo mordí. Suavemente, le mordí el arco y la punta del pie. Ahora me miraba, todavía sonriendo y levantó el otro pie, ofreciéndomelo también.

Así que también lo mordí. Luego lo besé y chupé su dedo entre mis labios. Él sonrió y sus ojos se fijaron en mi cara. Acerqué su pie a mi cara, frotándolo a lo largo de mi mejilla y le devolví la mirada.

Y ninguno de los dos dijo una palabra.

20:13

ERA la primera vez que nos aventurábamos a salir al exterior desde hacía sólo Dios sabe cuánto tiempo. Habíamos llegado a una tienda de delicatessen que, al parecer, Cameron frecuentaba, a sólo dos manzanas de distancia. Le sostuve la puerta abierta y, mientras entraba, mi mano encontró la parte baja de su espalda.

Y se congeló.

Solté la mano y nos dirigimos al mostrador.

—Lo siento —dijo rápidamente—. Lo siento. Es la costumbre... No estoy acostumbrado.

Le sonreí, olvidando lo nuevo que era en esto.

—Lo siento, no pensé...

—No, está bien —dijo. Luego me miró—. Está bien, ¿no?

Asentí y él exhaló. Nos quedamos en el mostrador esperando a que nos atendieran y él se balanceó adelante y atrás sobre sus talones. Lo miré y sonrió.

Cuando la pequeña señora que estaba detrás del mostrador nos preguntó qué queríamos, Cameron se inclinó hacia delante, poniendo su mano en mi cintura, y me preguntó qué ensalada quería. Le sonreí. Era la primera vez que tocaba a un hombre en público. Fue algo suave y apenas perceptible, pero cualquiera que mirara sabría que se trataba de una muestra pública de afecto.

—Tú eliges —le dije al oído.

Pidió un surtido de antipasto y ensaladas, y le sonreí mientras le entregaba el dinero para pagar. Estaba radiante. Cuando le miré, susurró:

—Gracias.

Recogí el almuerzo y le dije:

—De nada. —Y sonrió todo el camino a casa.

16

SOY... EL INSTIGADOR DE LA FANFARRONERÍA

18:42

—CREÍ que habías dicho que te ibas —preguntó sonriendo. Estaba sentado en una silla de comedor y yo sobre él, a horcajadas. No llegamos muy lejos después del almuerzo.

—Sí —dije besando su cuello—. Sólo quiero besarme contigo un poco más... —Murmuré sobre su piel—. Eres bastante adictivo.

Se rio mientras sus manos rozaban mis costados.

—¿Es así?

Le miré a los ojos y él me miró fijamente. Su sonrisa se desvaneció, y tuvimos otro de esos momentos; serios y algo no dicho pasó entre nosotros. Asentí.

—Sí.

No estaba del todo seguro de a qué había respondido que sí -era adictivo; quería más; hacía que mi corazón palpitara de forma extraña-, pero le besé. Profundamente.

Sus manos sujetaron mi cara y nuestras lenguas se

encontraron. Se sentó más recto, como si quisiera meterse más en mi boca.

Y sonó el timbre de la puerta.

—Mierda —maldijo. Me miró con los ojos muy abiertos y luego miró su reloj—. Son mis padres. No me di cuenta de la hora.

Joder. Bueno, esto podría ser incómodo.

—Lo siento —se disculpó de nuevo.

—Está bien Cameron. Y deja de disculparte —le dije de nuevo, bajando de su regazo—. Ve a dejarlos entrar, yo recogeré este desorden —dije haciendo un gesto con la mano hacia los platos que aún estaban sobre la mesa.

Empecé a recoger los platos y le oí saludar a su madre, y me giré a tiempo para ver cómo casi lo derribaba con un abrazo en el pasillo. Sonreí y entré en la cocina.

Apenas había metido los platos en el fregadero, de hecho todavía estaba sujetando uno de ellos, cuando la señora Fletcher entró en la cocina. Sus ojos brillaron, se volvió de mí a su hijo y viceversa, y luego me abrazó.

Por suerte, el Sr. Fletcher cogió el plato que yo sostenía. Cameron murmuró:

—Oh, por el amor de Dios, mamá, por favor...

—Gracias —me susurró ella al oído antes de que Cameron me la quitara de encima y la llevara al patio trasero. Me gesticuló "lo siento" mientras salía por la puerta.

Y me quedé de pie en la cocina con el padre de Cameron.

Mi jefe.

Él sabía muy bien lo que habíamos estado haciendo. No tenía ninguna razón laboral para estar en la casa de su hijo durante más de veinticuatro horas y, sin embargo, aún no me había ido. No tenía sentido negarlo.

Lo miré y me encogí de hombros. Él sonrió.

Empecé a lavar los platos y el señor Fletcher, sin mediar palabra, cogió un paño de cocina y se puso a secar. Señalé con la cabeza hacia donde estaban Cameron y su madre.

—Supongo que la señora Fletcher se ha tomado bien la noticia.

Sonrió.

—Ella lo sabe desde hace años —dijo muy despreocupado—. O eso dijo.

Pensé que ella lo sabía. La forma en que me miró...

—Dijo que una madre sabe estas cosas.

—¿Alguna vez sospechaste algo?

Él negó con la cabeza.

—Yo nunca... *Nosotros* nunca estuvimos seguros —respondió con sinceridad—. A decir verdad, yo consideraba que podía ser gay o al menos bisexual.

—¿Por qué nunca dijo nada?

—Porque él no estaba preparado —respondió—. Y porque no importaba.

—*Sí* importa —le dije secamente. Miré a mi jefe y desencajé la mandíbula para poder hablar—. No digas nunca que no importa. A él le importa. Lleva años sintiéndose desgraciado.

Levantó las manos a la defensiva y sonrió.

—Quise decir que no importa si es gay o heterosexual —enmendó—. Lucas, si le hubiera presionado y no estuviera preparado, lo habría negado y entonces *nunca* habría salido del armario. A veces, todo lo que un padre puede hacer es apoyar, amar a sus hijos y esperar.

Me volví hacia el fregador y asentí. Luego suspiré. Joder. Tenía razón. Cameron lo habría negado. Con vehemencia.

El señor Fletcher me sonrió.

—Entonces entras en mi despacho y me dices, sin tapujos, que eres brillante, exitoso y gay. —Se apoyó en la barra de la cocina y me miró—. No voy a mentir, Lucas, esperaba que Cameron viera cómo eso era posible, si fuera gay.

Le miré directamente a los ojos.

—Dime sinceramente, ¿me contrataste porque soy gay?

Sus ojos se abrieron de par en par.

—¡No! Absolutamente no —afirmó con rotundidad—. Lucas, te contraté porque eres brillante.

Le creí. Sonreí.

—Es cierto. Lo soy.

Se rio.

—Aunque Cameron no estaba impresionado. Tuvimos muchos desacuerdos sobre tu posición en Publicidad Fletcher.

—¿Es así? —dije con una sonrisa.

Su padre sonrió, levantando una comisura de los labios, igual que Cameron.

—Creo que se sentía amenazado por ti.

Sonreí y negué con la cabeza.

—Creo que es porque le gustaba.

Los ojos del Sr. Fletcher se abrieron de par en par y miró hacia donde estaban sentados su hijo y su esposa. Una lenta sonrisa se extendió por su rostro.

—Oh.

Me reí.

—¿Así que pensaste que emparejarnos para el trabajo de Lurex no sólo le haría ver lo brillante que soy, sino que sacudiría su armario hasta que se cayera afuera?

Soltó una carcajada.

—No, en realidad. Teníamos literalmente sesenta y cinco horas para montar una campaña, y sabía que vosotros dos; cómo trabajáis, cómo pensáis, os complementaríais y lo conseguiríais.

—Me parece justo —concedí con una sonrisa. Dejé salir el agua y limpié el fregadero.

Entonces, el padre de Cameron dijo:

—Pero tú llevas aquí más de sesenta y cinco horas... —se interrumpió sugestivamente.

Le miré directamente a los ojos.

—Así es.

—No dejarás que esto interfiera en vuestro trabajo ¿verdad? —lo convirtió en una afirmación, más que en una pregunta.

—No, señor. No lo haré.

Luego me preguntó en voz baja.

—Tampoco le harás daño ¿verdad?

Sonreí, pero entonces se me ocurrió la idea de que tal vez él no era el único que saldría herido. Mi sonrisa se apagó, negué con la cabeza y mi voz fue tranquila.

—No, claro que no.

El señor Fletcher me miró y yo evité sus ojos.

—Lucas... No quise insinuar... oh, Dios, estoy entendiendo todo mal.

—Está bien —lo tranquilicé.

—No Lucas, por favor —comenzó de nuevo—. Sólo quiero que sea feliz.

Lo miré y me sentí desnortado.

—Yo también.

Justo entonces, Cameron y su madre volvieron a entrar. Se detuvo y me miró, luego a su padre, y luego de nuevo a mí.

—¿Todo bien? —preguntó lentamente.

Su padre sonrió, pero yo respondí.

—Claro, sólo decía que tengo que irme.

—Ah —dijo Cameron, no muy convencido.

Le dije a la señora Fletcher que era un absoluto placer

volver a verla, y le dije al señor Fletcher que lo vería mañana en el trabajo. Me sonrió, con pena en los ojos y asintió. Mientras me dirigía a la puerta principal, oí a Cameron decir:

—Acompañaré a Lucas a la salida.

Entonces, desde el vestíbulo, oí a la señora Fletcher sisear a su marido.

—Tobías Fletcher, ¿qué le has dicho?

Miré a Cameron y él hizo una mueca de disculpa. Mientras caminábamos hacia mi coche, me preguntó:

—¿Dijo algo que te molestara?

Sonreí y negué con la cabeza, dejando mi bolsa en el asiento trasero.

—Cameron, está bien. Está preocupado, eso es todo, por su hijo, por su negocio.

Cameron parecía un poco mortificado. Miró hacia su casa y luego hacia mí, y su mandíbula se apretó.

Mi voz era tranquila.

—Le preocupa que te rompa el corazón.

Sus ojos brillaron y su boca se abrió y se cerró dos o tres veces.

—Voy a matarlo demonios —dijo—. Lo siento. Lo siento.

Le sonreí.

—No te preocupes y no te disculpes. Además creo que tu madre le está dando por ahí ahora mismo. —Abrí la puerta de mi coche y empezó a caminar hacia su casa—. ¿Cameron? —lo llamé. Se volvió para mirarme y le pregunté —: ¿Quieres saber lo que le dije?

Me miró interrogativamente.

—¿Sobre romperte el corazón? —aclaré. Me miró fijamente, esperando. Le sonreí—. Le dije que no lo haría.

Subí a mi coche y salí a la calle. Cuando miré por el espejo retrovisor, todavía estaba de pie en la acera.

Seguía sonriendo.

18:00

LLEGUÉ a casa alrededor de las 3 de la tarde. Sonreí cuando casi pude imaginar que el reloj de la cómoda de Cameron daría las 18:00.

Deshice mi bolsa, incluyendo todas las cosas de Lurex que había repartido y reclamado como mías. Abrí el cajón de mi mesita de noche y eché todo allí, sonriendo cuando vi los diferentes tipos de condones y lubricantes de sabores. Me reí cuando recordé a Cameron canalizando su Yoda interior con su sable de luz verde que brillaba en la oscuridad.

Y cómo le gustaban los lubricantes con aroma a fresa, cómo gemía cuando la sonda de próstata le presionaba deliciosamente la glándula, cómo le temblaban los muslos, cómo se le retorcía la polla, a qué sabía su corrida.

Mmm, Dios...

Cerré rápidamente el cajón de la mesita de noche y me quité de la cabeza todas las cosas de Cameron. Todas las veces que lo había tomado, tocado, besado, chupado, follado, tenido dentro de mí, no eran suficientes. Quería más.

Lo sabía. *Sabía* que quería más.

Pero no sólo sexo. Quería oírle hablar de tendencias mundiales, de revisiones financieras, de calcetines de dibujos animados, de música, de libros y de jerarquías políticas. Quería verle sonreír, oírle reír.

Y supe, sin ninguna puta duda, que me había superado.

Incapaz de dejar de pensar en él, traté de ocuparme de poner orden y después de decidir que no había nada en mi cocina para cenar, me aburrí y sentí como si mi piel no encajara bien. Podía olerlo en mí y estaba inquieto porque quería más de él y me estaba poniendo nervioso porque no estaba con él...

...entonces sonó el timbre de mi puerta.

Sin esperar a nadie, pulsé el interfono.

—¿Quién es?

—Cameron.

Y sonreí con fuerza. Apreté el botón. Al oír el clic, abrí la puerta de mi casa y me puse contra ella a esperarle. Salió del ascensor y sonrió al verme. Atravesó mi puerta, pasó por delante de mí sin decir nada y la cerré con el pie detrás de mí.

—Bonito lugar —dijo mirando a su alrededor.

Yo seguía sonriendo.

—¿A qué debo el placer? —Llevaba una bolsa en la mano. No me había dado cuenta—. ¿Me he olvidado de algo?

—Unas cuantas cosas —dijo. Metió la mano en la bolsa y luego levantó un par de calcetines—. Son negros y sencillos. *No* son míos.

Me reí, y nos quedamos mirando, ambos sonriendo como idiotas.

—Entonces —dije— ¿tus padres se tomaron bien la noticia? Tu madre parecía feliz, de hecho.

Asintió.

—Sí, lo hicieron. Incluso fui a ver a Ben.

Pude sentir que mis ojos se abrieron de par en par.

—¿Qué tal fue eso?

Sonrió.

—Se quedó mirando y boquiabierto un rato, pero está bien. Creo que lo sorprendí más que nada. No dijo mucho —dijo encogiéndose de hombros—. Hablé con Ashley un rato y antes de irme, mi hermano me preguntó si todas esas veces que me había llevado al fútbol, sólo había ido a disfrutar de hombres con pantalones ajustados... así que creo que está bien.

—¿Lo hiciste? —pregunté—. ¿Sólo ir a ver a todos esos hombres sudorosos?

—Oh, absolutamente —dijo con una risa.

Le sonreí.

—Eso es genial, Cameron —sabía que me refería a que su familia lo aceptaba—. Eso es realmente genial.

—Lo es —asintió.

—No fuiste muy duro con tu padre ¿verdad?

Resopló.

—No dije nada que mi madre no hubiera dicho ya, aparentemente.

Riendo, le ofrecí una bebida, y cuando le entregué un refresco, respiró profundamente y dijo:

—Um, sobre mañana

—¿Qué pasa con eso?

—En el trabajo —dijo, nervioso—. ¿Qué hacemos... cómo...? No sé qué...

Puse mi lata de refresco en la encimera de la cocina y me puse delante de él.

—Yo voy a ser yo, y tú serás tú. Lo que hacemos en el trabajo no cambiará.

Exhaló, aliviado.

—Cameron, no voy a besarte en una reunión de personal ni nada parecido —me burlé de él—. A menos que quieras que lo haga. —Se rio, pero le dije—: Pero tampoco quiero que me ignores. No espero que seamos nada menos que profesionales, pero tampoco quiero que me trates como si no significara nada para ti.

Joder. Ahora sonaba como una niña.

Su sonrisa se desvaneció y sus cejas se juntaron.

—No lo haré. No creo que *pueda* ignorarte más. —Me miró, luego al suelo entre nosotros—. ¿Y fuera del trabajo...?

—Te dije que quería salir contigo —le recordé—. Y lo dije en serio. Quiero verte, Cam.

Se mordió el labio, para evitar sonreír, al parecer.

—¿Como en una cita?

—Sí, como en una cita —respondí. Genial. Ahora estaba sonriendo y mareado como una niña. Me aclaré la garganta y cambié de tema—. Entonces, ¿dijiste que había dejado algunas cosas en tu casa? —Sólo me había enseñado una.

Sonrió, pero un leve rubor se deslizó por su mejilla.

—Tu corbata —dijo, metiendo la mano en la bolsa y arrojándola sobre la mesa—. No pude traer mi reloj de cuenta regresiva, pero encontré esto —dijo sacando su teléfono—. He descargado una aplicación que podría ser útil. —Levantó el teléfono y me mostró la pantalla. 14:29

Un reloj de cuenta regresiva en su teléfono. Me reí.

—Mi querido hombre, has pensado en todo.

—Lo intento. —Sonrió de forma hermosa. Luego se aclaró la garganta y volvió a meter la mano en la bolsa—. Y está esto.

Sacó el consolador de color piel. Solté una carcajada.

—No —le corregí—. Ese era tuyo. Me pedí el negro, ¿recuerdas?

Sonrió, casi con timidez.

—Ah, no, es mío —dijo—. Pero prometiste hacer algo con él, y nunca lo hiciste.

Sonreí. Aunque sabía a qué se refería, quería oírlo decir.

—¿Qué prometí?

—Tú um... Dijiste que... —tartamudeó mientras sus mejillas se teñían de rosa.

Entonces me acerqué y le susurré al oído.

—Repite después de mí... —Empecé—. Te voy a follar con él.

Su voz era áspera y apenas un susurro.

—Vas a follarme con él.

—Entonces te lameré y te la chuparé.

Su pecho se agitó dos veces antes de decirlo.

—Me lamerás y me chuparás.

—Entonces te voy a hacer un beso negro.

Tragó. Dos veces.

—Me ha-harás un beso negro.

Sonreí contra su oído.

—Entonces te follaré de nuevo.

No terminó, pero asintió contra mi cuello.

—Por favor.

14:03

NO HABÍA NADA IGUAL. Cameron se retorcía y se arqueaba, empujando su culo hacia mí. El consolador estaba incrustado en su culo, yo estaba entre sus piernas, lamiendo su polla, chupándole la cabeza y él gemía maravillosamente.

Sus manos se aferraban a las sábanas a su lado, su espalda se arqueaba, empujándose sobre el consolador y pedía más. Era tan hermoso. Cómo se movía, cómo gemía.

A pesar de lo jodidamente excitante que era verlo así, no quería que se corriera hasta que yo estuviera dentro de él. Saqué lentamente el consolador. Se quejó y me miró como si hubiera perdido la puta cabeza.

Me arrodillé entre sus piernas y estirando un condón por mi dolorida longitud, le dije:

—Quiero que mi polla haga que te corras.

Sus ojos se pusieron en blanco antes de cerrarse, y gimió y suspiró. Me incliné, lamí su hendidura goteante y luego pasé mi lengua por su agujero rosado y abierto.

Casi gritó cuando se inclinó sobre mí, así que le agarré las caderas para mantenerlo quieto. Abrió más las piernas para mí y le pasé la lengua por su orificio. El consolador lo había separado bien, mi lengua se deslizaba dentro y fuera, y sus muslos temblaban. Sabía que no duraría mucho.

Así que agarré la parte trasera de sus rodillas y las incliné hacia delante, su culo quedó expuesto y abierto.

Apreté mi polla contra su agujero y me deslicé en su interior.

Y él gimió, se quejó y tembló. Su cabeza se echó hacia atrás en las almohadas, y su pecho se empujó adelante.

—Jodeeeeeeer —gimió.

—Mmmmm —coincidí mientras me deslizaba y volvía a empujar dentro de él. Se sentía tan jodidamente bien. Tan caliente, tan profundo y tan jodidamente estrecho—. No quiero que el consolador haga que te corras —le dije jadeando—. No quiero nada más, que no sea yo, en tu culo.

Empujé con más fuerza, y él gimió.

—Sííííí.

—Todo mío —le dije mientras empujaba sus piernas más arriba, levantando su culo para mí—. Cada centímetro —gemí mientras me inclinaba sobre él, forzando cada puto centímetro de mi polla dentro de él. Gimió, y yo nos balanceé adelante y atrás, con mis pelotas rozando su culo —. Cada puto centímetro —gruñí—. Mi polla follándote, haciendo que te corras, nada más... nadie más.

Y su culo se apretó a mí alrededor. Tembló y se agitó cuando se corrió, su polla se vació entre nosotros. Gritó y se inclinó contra mí, y mi polla se hinchó y se derramó. Me agarré a él mientras me corría caliente y espeso en el condón, perdido en un espectáculo de fuegos artificiales detrás de mis ojos.

Caímos en una masa de cuerpos saciados y relajados, envueltos el uno en el otro, y nos dormimos.

3:16

ME DESPERTÉ con una sensación de rasguño que me rozaba la parte baja de la espalda. Debería haberme molestado.

Pero no lo hizo.

Porque la sensación de picor iba acompañada de una sensación suave, caliente y húmeda, que se sentía jodidamente bien. Gemí y escuché una risa.

Luego, unos dedos largos y bien extendidos me frotaban la espalda y el rastrojo rasposo y la lengua suave y húmeda se deslizaban desde mi columna vertebral hasta la raja de mi culo.

Yendo más abajo.

Y más abajo.

Oh, Jesús. Oh, joder, estaba a punto de....

Mmmm, lo hizo.

Me hizo un puto beso negro. Largo y profundo.

Luego añadió sus dedos. No mucho después, la punta del consolador me estiraba más, y me follaba.

Oh, Dios. Cómo me folló.

Yo estaba tumbado boca abajo, levantando el culo para él, y él me enterró el juguete, deslizándolo, retorciéndolo, presionando y empujando.

Deslicé mi mano por debajo de mí y agarré mi polla, acariciando y presionando al ritmo de sus movimientos. Y fue un placer, tan jodidamente bueno. Entonces él hizo lo mismo que yo a él.

Sacó el consolador, joder.

—Nooo —negué con la cabeza suplicándole—. Cameron, por favor...

Pude oír el desgarro del papel de aluminio, luego un segundo de silencio antes de que estuviera dentro de mí. Rápido, duro y profundo.

—¿Es eso lo que quieres? —susurró en mi nuca.

Todo lo que pude hacer fue gemir.

Y asentir.

Y sacudirme y abrir las piernas para que pudiera follarme más fuerte.

Y lo hizo.

Me folló contra el colchón, follándome con todas sus fuerzas. Fue glorioso.

Levanté mis caderas y él me agarró por los hombros, mientras su polla me empalaba, una y otra vez, sin descanso.

Perfectamente.

Sus empujones se volvieron irregulares, y se introdujo en mí, rugiendo, con espasmos mientras estallaba dentro de mí.

Podía sentir cómo se hinchaba su polla, podía sentir cada palpitación, incendiaba mis células, y mi orgasmo se excitaba. Me estremecí y me retorcí bajo él. Mi cabeza se echó hacia atrás y se precipitó hacia delante mientras mi semen manchaba las sábanas debajo de mí.

Se derrumbó sobre mí, riendo y frotando suavemente su mandíbula con rastrojo sobre mi piel.

Lo único que podía hacer era gemir.

Ni siquiera eran las seis y media de la puta mañana.

—Tengo que ir a casa —dijo—. Tengo que cambiarme para el trabajo.

—Mm hmm —gemí mí no.

Pude sentir su sonrisa contra mi hombro.

—Vale, ducha primero, luego me tengo que ir.

2:10

—¿EL Correcaminos? —Me reí.

Levantó el otro pie y sonrió.

—Y el Coyote.

Negué con la cabeza y me reí mientras se ponía los zapatos.

—Tengo que irme —dijo de nuevo. Miró su reloj—. Nos vemos en dos horas.

—Sí, sí, fóllame y vete —dije sarcásticamente, poniendo los ojos en blanco.

Él soltó una carcajada.

—Puedes devolverme el favor cuando quieras.

Sonreí.

—Creo que lo haré.

—Bien —dijo con un rápido beso en mis labios. Se dirigió a la puerta, se giró y dijo—: Este fin de semana, puedes follarme y hacerlo varias veces.

Me reí.

—¿A partir de?

—El viernes por la noche —dijo y la puerta se cerró tras él. Nunca me había alegrado tanto de ir a trabajar.

00:10

. . .

NO PODÍA HABER LLEGADO en mejor momento, porque cuando entré en el ascensor, entre otras personas, estaba Cameron. Sonrió con suficiencia al verme. Lo miré, preguntándome cómo funcionaría esto entre nosotros cuando sus labios se movieron.

—¿Cómo estás esta mañana? —dijo.

Sonreí.

—Oh, he estado excelente esta mañana. O eso me han dicho.

Hizo un mohín para no sonreír, pero sus ojos brillaron.

El ascensor se detuvo, y nuestros compañeros de viaje salieron dejándonos a Cameron y a mí recorrer los últimos pisos solos. Me miró.

—¿Te sientes bien? ¿No te duele demasiado?

Sonreí ante su preocupación.

—Una leve molestia —le dije con sinceridad—. Y *realmente* quiero que lo hagas de nuevo.

Sonrió

—Bien.

—Cameron, ¿puedo preguntarte algo? —parecía sorprendido por mi pregunta.

Justo cuando el ascensor se detuvo y las puertas se abrieron en nuestro piso, le pregunté:

—¿Quién está en tus calcetines?

Sonrió y salimos al pasillo, caminando hacia nuestras oficinas.

—Superman.

Sonreí.

¿Con Clark Kent?

Llegó a su puerta.

—No. Sólo Superman —dijo con una sonrisa—. Ya no hace falta Clark.

Entramos en nuestros respectivos despachos y cuando

me senté en mi escritorio, miré a través de la pared de cristal. Él giró su silla, me miró a través de la pared de cristal y sonrió.

La voz de Rachel me asustó.

—Bueno, pareces bastante satisfecho contigo mismo.

Me agarré el corazón.

—Dios, Rach. Casi me provocas un ataque al corazón.

Ella sonrió y me dio un café.

—Y alguien más —señaló con una mirada a la habitación del otro lado del pasillo— parece haber encontrado algo de pavoneo.

La miré y me reí.

—Ese soy yo —dije tomando un sorbo de mi café—. El instigador de pavoneo.

***

Cuatro semanas después

El teléfono de mi mesa sonó, era el despacho del señor Fletcher. Pulsé el botón que parpadeaba.

—Lucas, en mi oficina en cinco minutos, por favor.

Miré mi reloj. Eran las 15:45 del miércoles. Un poco extraño para una reunión no programada. Ordené mi mesa, dejando los archivos a un lado y cerré el portátil.

Abrí la puerta de mi despacho al mismo tiempo que Cameron abría la suya. Señaló hacia el despacho de su padre y yo asentí.

—¿Sabes de qué se trata? —pregunté.

Sonrió.

—Sí, tal vez todavía está molesto porque te comiste la tarta que sobró el domingo.

Resoplé.

—Tu madre hace un buen pastel.

Se rio y entramos en el despacho de su padre. El señor Fletcher nos miró a los dos y sonrió.

—Tomad asiento chicos.

Hicimos lo que nos pidió, se recostó en su silla y dejó el bolígrafo.

—Publicidad Fletcher tiene una reunión con Caiusaro el martes a las 10 de la mañana. Son una empresa italiana que quiere entrar en el mercado americano.

—¿Cuál es el producto? —pregunté.

Pero fue Cameron quien respondió.

—Calcetines.

Casi me da la puta risa. Tuve que morderme el interior del labio para no hacerlo.

—Es un contrato lucrativo —continuó diciendo el señor Fletcher—. Quiero que ambos trabajéis en él. Tenéis más tiempo. Seis días para ser exactos, así que después de Lurex, no creo que sea un problema.

Hice rápidamente las cuentas en mi cabeza. Ciento sesenta y dos horas.

—No hay ningún problema —dije. Miré a Cameron y sonreí—. En mi casa. Yo llevaré la pizarra y tú el reloj.

17

EPÍLOGO - SOY... UN COMPLETO Y JODIDO TONTO EMOCIONAL. Y ESTOY... BIEN CON ESO.

—NO QUIERO IR —murmuré en su nuca—. Quiero quedarme aquí. —Besé y mordí la piel detrás de su oreja, esperando que mis poderes de persuasión pudieran convencerlo—. Así —dije chupando su deliciosa piel entre mis labios—. Todo el día, toda la noche.

Gimió y se rio, y pude sentir su pecho vibrar debajo de mí. Puede que esté tumbado boca abajo y que yo esté tumbado encima de él. Puede que estemos desnudos en la cama. Puede que acabáramos de hacer el amor.

Y yo seguía queriendo más de él.

Siempre querría más de él.

—Tenemos que irnos —murmuró—. Es algo especial. Papá incluso ha invitado a otras personas del trabajo.

—Pero es sábado... —me quejé.

Puede que estuviera enfurruñado, muy posiblemente incluso haciendo pucheros.

—Mamá hizo pastel —dijo con una sonrisa en la voz.

Me dejé caer contra él con fuerza y suspiré.

—No juegas limpio.

Volvió a reírse y trató de darse la vuelta para poder

mirarme. Me empujé hacia arriba, dándole espacio para moverse, pero rápidamente me acomodé de nuevo encima de él, entre sus piernas.

Con el codo junto a su pecho, apoyé la cabeza en mi mano y le miré. Tenía el cabello despeinado, una mirada saciada y una sonrisa de felicidad; su brillo post coital. Era jodidamente hermoso.

Levantó la mano y me apartó el cabello de la cara.

—¿Cómo he tenido tanta suerte? —se preguntó en voz alta.

—¿No te acuerdas? —me burlé de él—. Hace seis meses me hiciste pasar el fin de semana contigo y me enseñaste los pies. —Puse los ojos en blanco y suspiré dramáticamente—. Estaba acabado.

Se rio.

—Oh, es cierto —dijo poniendo los ojos en blanco hacia mí.

—De todos modos —dije arrastrando las yemas de mis dedos a lo largo de su ceja, alrededor de la esquina de su ojo, a través de su pómulo—. Yo tampoco tengo tan mala suerte.

Sonrió, y había amor en sus ojos. Luego nos hizo girar para estar sobre mí.

—Los halagos te harán echar un polvo, pero no te librarán de comer en casa de papá y mamá.

Volví a hacer pucheros.

—Todavía prefiero quedarme aquí.

Él sonrió.

—Yo también, cariño —dijo deslizándose lejos de mí. Se dirigió a la puerta de su habitación y dijo—: Pero no podemos. Tenemos que irnos. Me ducharé primero y cerraré la puerta. Si te unes a mí, no nos iremos nunca.

Resoplé y él sonrió. Conocía todos mis trucos.

Oí cómo empezaba la ducha y no dudé de que había

cerrado la puerta del baño. Me conocía bien. La idea me hizo sonreír.

Cada pensamiento que tenía de él me hacía sonreír. Incluso cuando nos peleábamos o no estábamos de acuerdo... Era especialmente fogoso y sexi cuando se cabreaba y el sexo de reconciliación era especialmente delicioso.

Incluso sonreí al recordar nuestra primera pelea. Habíamos estado "juntos" sin parar durante unas cuatro semanas. Habíamos firmado el contrato de Lurex, habíamos pasado casi todos los días juntos en el trabajo, también todas las noches juntos. Luego tuvimos la campaña de Caiusaro, donde pasamos otros seis días y noches completos juntos. Después de la campaña de Caiusaro, tuvimos dos días libres que pasamos juntos. Al segundo día, necesitábamos un descanso.

Habíamos discutido sobre el puto helado de mantequilla de cacahuete. De todas las cosas.

Fue trivial y estúpido. Yo había gritado, y luego él había gritado. Dije algunas cosas que no debería haber dicho, y él me devolvió el favor. Dio un portazo, así que salí furioso. Llegué a casa y me pasé toda la noche dando vueltas en la cama, aparentemente incapaz de pegar ojo sin él. El timbre de la puerta me despertó sobre las ocho de la mañana siguiente; con un gemido y un agujero hueco y pesado en el pecho, pulsé el interfono.

—¿Quién es?

—Soy yo —fue todo lo que dijo.

Pulsé el botón para dejarle entrar. Cuando llegó a mi puerta, pude ver que había pasado una noche similar a la mía.

—Lo siento —dijo—. No quiero que estemos peleados.

—Yo tampoco —respondí—. Yo también lo siento. Siento

haber dicho esas cosas. De verdad, me importa una mierda el helado.

Se rio y me atrajo contra su pecho, donde encajé a la perfección. Me hizo suspirar.

Se separó de mí, me besó ligeramente y dijo que se iba a casa, que sólo quería disculparse. Pensó que después de pasar tanto tiempo juntos, era mejor que pasáramos el último día de nuestro fin de semana solos haciendo lo que fuera.

Por mucho que no quisiera, sabía que tenía razón.

Así que pasé el resto del día preguntándome qué coño hacía con mi vida antes de Cameron Fletcher.

Limpié y lavé algo de ropa, y luego salí a dar un paseo, para tomar un café, para hacer algo.

El camarero intentó entablar una pequeña charla, haciéndome un montón de preguntas y sonriendo.

No fue hasta que caminé dos manzanas con mi café en la mano que me di cuenta de que había estado ligando conmigo.

Ahora, el Lucas Hensley pre-Cameron, habría estado en eso. Habría sonreído, coqueteado y asegurado un posible polvo regular. Pero ahora Lucas Hensley, post-Cameron, ni siquiera se daba cuenta.

Y se me ocurrió al llegar a mi edificio, que ni siquiera había mirado a otro tipo.

A ninguno. Ni una vez. Ni sola una vez.

No desde Cameron.

Debería haber sabido entonces que la "palabra A" no estaba lejos. En retrospectiva, debería haberla visto venir.

Sólo que no esperaba que viniera de mi madre.

Había organizado un fin de semana de cuatro días para volver a casa a visitar a mi madre. Estaba concertando citas con ella por teléfono cuando exigió hablar con Cameron.

Luego le exigió que me acompañara a verla.

—Yo um... Yo um... —murmuró Cameron.

Y mi madre había declarado que estaba resuelto. Nos vería a los dos en el aeropuerto y Cameron me devolvió el teléfono. El pobre no sabía qué decir. Creo que estaba demasiado asustado para decir que no. Después de colgar el teléfono a mamá, le dije que no tenía ninguna obligación de ir. Su única respuesta fue:

—Así que tu incapacidad para aceptar un no como respuesta es hereditaria ¿verdad?

Pero entonces dijo que nunca había estado en Texas, así que un mes más tarde nos embarcamos en un avión con destino a Dallas. Habíamos disfrutado de un almuerzo tardío en el porche trasero de mamá mientras ella le hacía a Cameron ciento y pico de preguntas. Me levanté para recoger la mesa y ella me miró y sonrió.

—Ya veo por qué lo amas —dijo.

Parpadeé, abrí la boca y la cerré. Repetí esta acción un par de veces, creo, intentando decir algo, pero no pude emitir ningún sonido. Miré los ojos muy abiertos de Cameron y luego la sonrisa desvanecida de mi madre.

Mamá se levantó.

—¡Lucas Hensley! ¿Nunca se lo has dicho?

—Mamá —susurré.

—Te conozco, hijo. Puedo ver cómo lo miras. —Puso su mano en la cadera—. ¿Lo niegas? —me preguntó rotundamente, delante de él.

Miré a Cameron, que seguía sentado, con los ojos muy abiertos, un poco pálido y con mucha esperanza.

No podía negarlo. Moví la cabeza en sentido negativo.

—*Sí*, lo amas —anunció mamá, y lo único que pude hacer fue mirar a Cameron. Y asentir.

Porque así era.

Lo amaba.

Mamá sonrió y entró murmurando algo sobre niños tontos y despistados.

Y entonces Cameron estaba de pie frente a mí, y su mano tocaba mi mejilla.

—Luc —susurró.

Lo miré entonces, sabiendo que no vería más que honestidad en mis ojos. Asentí, porque era lo único que podía hacer. Él esbozó una sonrisa de infarto, me atrajo hacia sus brazos y me susurró al oído que había esperado tanto tiempo para oír eso. Dijo que sabía que lo amaba.

Podía verlo, no estaba ciego. Me dijo que había estado enamorado de mí desde siempre y que sólo estaba esperando a que yo estuviera preparado.

Dijo que sabía que era nuevo para mí, y que podía esperar, que no le importaba. Que esperaría para siempre si fuera necesario. Cuando encontré mi voz, le dije, susurrándole suavemente al oído, que creo que me enamoré de él ese primer fin de semana.

Cuando mi madre volvió a salir a donde estábamos, los dos estábamos sonriendo y riendo, y metiéndonos mano inocentemente. Si no hubiera estado en casa de mi madre, o si ella no hubiera estado en casa, lo habría follado en la mesa del porche trasero.

O le hubiera rogado que me follara.

Todo ese fin de semana no podíamos tener suficiente el uno del otro. Tenía que estar tocándolo en todo momento, sólo tocándolo o cerca de él al menos. Y por la noche, hicimos el amor durante horas, apenas pegamos ojo. Él susurraba su amor por mí, gimiendo en mi cuello mientras se empujaba dentro de mí. Y yo susurraba las palabras en voz alta, sólo para él, mientras me deslizaba dentro de él y de nuevo mientras nos envolvíamos el uno al otro cayendo en el sueño.

Texas fue hace dos meses, y desde entonces hemos estado así. No en el trabajo, por supuesto.

Pero cuando estábamos solos, *éramos realmente nosotros*.

—¿Por qué sonríes? —La voz de Cameron me hizo volver al presente.

—Texas. —Eso es todo lo que tuve que decir. Él sonrió con una hermosa sonrisa de comprensión.

—Ahora ve a ducharte —ordenó, todavía sonriendo—. O llegaremos tarde.

Me bajé de la cama y me quedé de pie frente a él, completamente desnudo, con la polla pesada y flácida... y esperando. Fingí que bostezaba, me estiraba y me rascaba la cabeza, pero en realidad sólo le estaba dando tiempo para que me examinara y, con suerte, cambiara de opinión.

—Luc —amenazó—. Sé lo que estás haciendo. No va a funcionar.

Hice un mohín y me enfadé hasta llegar a la ducha. Realmente conocía todos mis trucos.

—¿REALMENTE es sólo casual o formal? —pregunté inseguro de si estaría mal vestido.

—Sí, Luc —responde Cameron de nuevo—. Es sólo un almuerzo.

Me senté en su sofá.

—Espero que no te importe, he tenido que pedir prestados unos calcetines —le dije—. Dejé los míos en mi casa.

Todavía teníamos nuestras propias casas. Estábamos de

acuerdo en que trabajar y vivir juntos podría ser demasiado pronto. No es que haya visto mucho mi casa....

—¿A quién has tomado? —preguntó mirando los calcetines.

—Pooh y Tigger —le dije—. No pude encontrar los de rayas de la tía Nae.

Sonrió y se levantó la pierna del jean para que yo pudiera ver las diferentes rayas verdes de los calcetines que había estado buscando. No había querido especialmente llevar calcetines de dibujos animados.

—Son mis nuevos favoritos —dijo sin vergüenza.

Cuando habíamos visitado a mamá, su buena amiga, a la que siempre me había dirigido como mi tía, estaba tejiendo calcetines. Calcetines finos, de algodón como la seda. Cameron estaba en su paraíso de calcetines raros, salvo que no quería unos negros sencillos.

No, claro que no.

Había hecho un pedido de unos de colores divertidos y a rayas. Dos calcetines de todos los tipos de verde imaginables llegaron al correo dos semanas después. Desde entonces le había enviado dinero para que le hiciera otros.

De todos los colores que se le ocurrieran, por lo visto.

Me puse a Pooh y Tigger y recé en silencio para no tener que quitarme las botas.

Cuando nos detuvimos frente a la casa de los padres de Cameron, le pregunté:

—¿Tienes idea de para qué es este almuerzo?

Cameron negó con la cabeza.

—No, lo único que sé es que papá entró ayer en su despacho, revisó el correo, hizo algunas llamadas y diez minutos después me dijo que teníamos que estar aquí a las doce en punto.

Mientras nos dirigíamos a la puerta principal, señalé un

Mercedes conocido.

—Oye, ¿no es ese el coche de Webber?

Cameron asintió y frunció el ceño, mirando otros coches aparcados cerca.

—Bromley y Otterski también están aquí —dijo.

Todos los ejecutivos.

Joder.

—Debe haber ocurrido algo grande —dijo Cameron en voz baja.

—Oye —dije en voz baja—. ¿Estás bien?

—Claro —respondió—. ¿Por qué no iba a estarlo?

—Lo digo por nosotros, caminando aquí juntos, eso es todo.

Sonrió.

—Luc, en el trabajo no necesitan saber de nosotros, porque no hacemos alarde de nuestra relación y porque no es de su incumbencia. —Luego dijo—: Pero no estamos en el trabajo, esta es la casa de mis padres. Si no les gusta, que se vayan al puto infierno.

Me reí y sonreí con orgullo.

Abrió la puerta principal y me la mantuvo abierta.

—He aprendido del mejor —dijo con una sonrisa de satisfacción.

—Claro que sí, cariño.

Entramos en el salón abierto que se une a la cocina.

—Ah, hola chicos —nos saludó la señora Fletcher desde el otro lado del salón.

Noté que Paul Bromley y Eric Newton nos miraban, sonriendo falsamente, preguntándose por qué demonios habíamos llegado juntos. Les dediqué una pequeña inclinación de cabeza en mi camino hacia la madre de Cameron, y sus ojos se abrieron de par en par cuando la besé en la mejilla.

Le pregunté si había algo que pudiera hacer para ayudar, pero ella sonrió maravillosamente y me dijo que no, que no fuera tonto, querido. Había unas cuantas personas más del trabajo, incluidas Rachel y Simona. Había algunos camareros contratados que ofrecían aperitivos y bebidas, así que cogí dos cervezas de una bandeja y me acerqué a donde Cameron estaba hablando con las dos chicas y le entregué una.

Simona y Rachel tampoco tenían idea del propósito de esta reunión, y se sorprendieron de que no lo supiéramos.

—¡Íbamos a preguntaros! —dijo Rachel—. Pero tiene que ser algo importante porque "Tweedle Tonto" y "Tweedle Incluso más Tonto" están aquí —dijo señalando con la cabeza a Paul y Eric.

—Parecen un poco satisfechos de sí mismos —concedió Cameron, dando un trago a su cerveza.

—Tal vez piensen que tienen una oportunidad con dos damas bonitas y solteras —las miré sugestivamente.

—Bromley es un sórdido —dijo Simona con un escalofrío.

Rachel asintió con vehemencia.

—Y Newton preferiría a cualquiera de vosotros dos antes que a Simona o a mí.

¿Qué?

Miré a Eric. *¿Era gay?* ¿Cómo se me pudo pasar eso por alto?

—¿Es gay? —pregunté en voz baja.

Las dos chicas *y* Cameron asintieron.

Sí, eso es. Ya está. Perdí mi toque. Más que ligeramente molesto, miré a Cameron.

—Has roto mi gay-dar.

—¿Yo *qué?* —se burló, mientras Simona resoplaba su bebida y procedía a atragantarse. Fui a cogerle una servilleta, o algo, del servicio justo cuando el señor Fletcher llamó la atención de todos. Yo estaba de pie al otro lado de la sala, junto a Bromley y Newton, y todos nos giramos para mirar a nuestro jefe.

De pie junto al piano de cola, el señor Fletcher nos dio las gracias a todos por haber cedido nuestro sábado, pero esta noticia, en su muy humilde opinión, no podía esperar.

—Ayer recibí una llamada telefónica de confirmación de un viejo amigo mío de Francia —dijo.

Bueeeno. Un poco raro por compartir esa noticia con todos nosotros, pero gracias.

—...en Cannes, en realidad.

Cannes.

¿Por qué debería sonarme eso?

Miré a Cameron. Tenía los ojos muy abiertos, pero empezaba a sonreír. Había captado el significado.

¿Qué me estaba perdiendo?

El señor Fletcher cogió un mando a distancia y, apuntando a la gran pantalla plana, lo encendió. Miró su reloj y anunció:

—Ya casi es la hora.

Y entonces, justo a tiempo, en la pantalla, un hombre bien vestido anunció con un marcado acento europeo:

—¡Les presentamos al ganador de este año del León de Cannes!

Era curioso cómo las cosas monumentales de tu vida tienden a suceder a cámara lenta y a velocidad de vértigo al mismo tiempo. Porque en la pantalla apareció una solitaria marioneta de calcetín; un calcetín real sobre un fondo animado.

Y mi mente pareció fracturarse. Podía recordar las horas y horas que nos tomó con los animadores, nuestro equipo de animación computarizada, incluso los titiriteros. Podía recordar las malditas horas que se necesitaron con Cameron para que fuera absolutamente perfecto. Podía ver, a mi alrededor, como la gente sonreía y aplaudía, ofreciendo felicitaciones, y podía ver a Cameron al otro lado de la sala.

Estaba mirando la pantalla y luego a mí, y luego de vuelta a la pantalla.

Podía ver todo esto. Un borrón de conmoción sin sonido, moviéndose a cámara lenta, mientras mi mente recordaba detalles específicos de fracciones de segundo del anuncio que estábamos viendo.

Pero mi mente no podía dar el salto de que el hombre dijera "ganador del León de Cannes" y luego mostrara nuestro anuncio de calcetines Caiusaro.

No pude unir los puntos.

Ganador.

León de Cannes.

El premio anual al mejor anuncio del mundo.

Publicidad Fletcher.

Nuestro anuncio.

El anuncio de Cameron y mío.

El anuncio presenta una triste y solitaria marioneta de calcetín, en un mundo monótono y sin color, que parece buscar algo que ha perdido. Se cruza con calcetines bonitos, incluso con calcetines guapos, pero niega con la cabeza y sigue caminando. Mira dos veces a un calcetín colorido y a rayas -en el que Cameron insistió y le hizo mucha gracia- pero este pobre calcetín no encuentra lo que busca.

Incapaz de seguir adelante, está a punto de tirar de un hilo para desenredarse, cuando llega una ambulancia de dibujos animados, el médico-calcetín lo coge, lo pone en una camilla y se lo lleva a toda prisa.

Los médicos le practican la reanimación cardiopulmonar, y cuando le aplican las descargas con las palas del desfibrilador, su espalda de calcetín se arquea fuera de la cama. Por fin se abren las puertas de la ambulancia y el mundo animado es brillante y colorido, al estilo del Mago de Oz.

—¿Dónde estoy? —pregunta el calcetín.

—Caiusaro —responde una voz suave—. Es el Cielo para los calcetines. El cielo para los pies.

A este anuncio le siguieron otros tres, en los que se mostraba un calcetín diferente cada vez en su aventura por llegar a Caiusaro. Tuvimos más de siete millones de visitas en Youtube, y nuestro twitter de ¿Dónde está Cauisaro? llegó a ser tendencia mundial.

El anuncio terminó en la pantalla -sólo habían pasado treinta segundos- y entonces Cameron estaba sonriendo y caminando hacia mí. Luego se reía, me cogía la cara y me plantaba un beso, allí mismo, delante de todos.

—¿Cannes? —pregunté, aunque fue más bien un chillido.

Se rio y asintió, rodeando mi nuca con su mano y atrayéndome contra él. Entonces se nos unieron Rachel y Simona, que saltaban y nos abrazaban.

Luego nos separamos de alguna manera, y otras personas nos felicitaron.

Yo estaba jodidamente aturdido, vagamente consciente de que el padre de Cameron hablaba.

—Sabíamos que el anuncio de Caiusaro de Cameron y Lucas había sido nominado, junto con veintiocho mil de los mejores anuncios del mundo —dijo. Entonces el señor Fletcher miró entre su hijo y yo y anunció con orgullo—: Habrá una ceremonia oficial de entrega de premios, pero la llamada que recibí fue del director general para decirme que habíais ganado.

Oh.

Mi.

Jodido.

Dios.

Cameron me miró todavía sonriendo.

—¿Estás bien? —preguntó.

Asentí, creo. No estaba completamente seguro, para ser sincero.

Entonces miré a mí alrededor y vi que algunas personas sonreían, y otras no podían ocultar su sorpresa al ver a Cameron besándome. Como Eric y Paul. No estaba seguro de qué era más amplio: sus bocas o sus ojos.

Pero Cameron me cogió de la mano y me llevó hacia donde estaba su padre, y me di cuenta de que la gente coreaba "que hablen, que hablen".

Bueno, Simona y Rachel cantaban "que hablen, que hablen".

Cameron estaba radiante, y dio las gracias a los equipos que trabajaron con nosotros y a Simona y Rachel, que valían su peso en oro. Habló de sus sueños de niño de tener un León de Cannes, como su padre. Y ahora lo había conseguido. Dijo que debería ser la cúspide de una carrera, un premio como éste, pero pensó que era sólo el principio.

Me miró cuando dijo que estaba seguro de que no habían visto lo mejor de lo que podíamos hacer.

Entonces me tocó hablar a mí, pero no sabía qué decir. Esta gente estaba acostumbrada a ver mi lado empresarial, mi lado arrogante.

No muchos habían visto mi lado humilde.

Me quedé sin palabras, parecían atascadas en mi garganta.

—Yo... —empecé mal. Exhalé a través de mis mejillas hinchadas—. Realmente no puedo explicar... —les dije—. No tenía ni idea... —Estaba tartamudeando como un tonto, así que respiré hondo y empecé de nuevo—. Cuando empecé con Publicidad Fletcher hace doce meses, sabía lo que podía dar. Sabía lo que Publicidad Fletcher obtendría de mí.

El señor Fletcher se rio.

—Sí —dijo al pequeño público—. Me dijo en su entrevista que si en doce meses no había aumentado nuestra cartera en un veinticinco por ciento, podía darle una patada en el culo y despedirlo.

—Es cierto, lo dije. —Sonreí y asentí—. Pero por todo lo que sabía que podía dar, nunca soñé con lo que recibiría a cambio. —Miré a Cameron y él supo que no me refería sólo al trabajo. Sonrió.

—Pero Cameron tiene razón —admití—. Realmente creo que es sólo el comienzo de lo que somos capaces de hacer.

Cameron sonrió y de nuevo, delante de todos, tuvimos uno de esos momentos de solo nosotros.

El señor Fletcher habló entonces al pequeño público que teníamos delante, aunque realmente, yo no estaba escuchando. Todavía estaba intentando asimilar que había ganado el puto León de Cannes y que Cameron me había besado delante de sus compañeros de trabajo.

Entonces, el Sr. Fletcher dijo:

—Originalmente, iba a hacer la comida de hoy en algún restaurante elegante, pero no me pareció bien. Tenía que ser personal, porque eso es lo que es. Para mí —dijo el padre de Cameron mirando primero a Cameron y luego a mí, con ojos brillantes—, es muy personal.

Nos entregaron una copa de champán a cada uno y el señor Fletcher nos pidió que levantáramos las copas.

Levantó su copa en un brindis.

—Por dos de las mejores mentes del negocio, y por dos de los mejores hombres que conozco.

Miré a Cameron, y él ya me estaba mirando. Su voz era

tranquila, pero le oí bien. —Por nosotros.

Asentí y susurré, sólo para él.

—Por nosotros.

La multitud bebió y las conversaciones empezaron a bullir entre los pequeños grupos. El Sr. Fletcher abrazó a Cameron y luego, para mi total sorpresa, hizo lo mismo conmigo.

—Estoy muy orgulloso de los dos —nos dijo. La señora Fletcher estaba allí abrazándonos a los dos, diciéndonos lo orgullosa y feliz que estaba.

Entonces, un sonriente Ben nos dio una palmada en la espalda y nos abrazó a los dos al mismo tiempo con tanta fuerza que me crujió la columna vertebral.

—Dios, Ben —me quejé—. Gracias por la alineación de columna.

Sonrió.

—Sólo estoy ayudando. Ya sabéis, para que los dos estéis ágiles para más adelante.

Cameron puso los ojos en blanco, Cynthia frunció el ceño ante su hijo mayor y yo me reí. Ben se encogió de hombros y sonrió. Luego me miró y dijo, en voz bastante alta:

—¿Un poco conmocionado antes, Lucas?

Sonreí, un poco avergonzado y asentí.

—Um, sí, Cameron me acababa de contar que tu madre había hecho una tarta de nueces sólo para mí y que nadie más debía comerla. —Me llevé la mano al corazón—. Me emocioné.

Ben jadeó y miró a su madre, mientras Cameron deslizaba su brazo alrededor de mi cintura y, riéndose, presionaba sus labios contra mi sien. Pero entonces el señor Fletcher miró a su mujer.

—¡Me dijiste que podía comer un poco! Después de

comer, dijiste que "la tarta es para después de comer".

La señora Fletcher frunció los labios sonriente hacia mí, y Cameron se rio. Me alejó de su familia, que aún discutía sobre la tarta.

—Vamos, será mejor que nos mezclemos.

Y así lo hicimos. Charlamos con todos; Paul y Eric incluidos. Estaban un poco sorprendidos, por decir lo menos. Pero ambos nos desearon lo mejor y nos felicitaron calurosamente por la victoria de León.

Pronto llegó la media tarde, la multitud se había disipado y sólo quedaba la familia.

Estábamos sentados en la mesa exterior y la mano de Cameron estaba sobre mi muslo. Estábamos disfrutando del sol de la tarde y de la tarta de nueces cuando Ashley me preguntó qué sentía al haber ganado un premio tan prestigioso.

—Para ser sincero, creo que todavía no lo he asimilado —le dije—. Es como si no hubiera ocurrido realmente.

El señor Fletcher se levantó y sonrió.

—¿Tal vez esto ayude? —Y arrojó un sobre azul oscuro, rectangular, sobre la mesa frente a nosotros.

Cameron lo cogió y lo abrió. Eran dos billetes de avión. A Francia.

Miré al señor Fletcher. Y sonriendo, explicó:

—Dos billetes. Tenéis dos noches en Cannes, donde asistiréis a una ceremonia para recibir el premio, y luego tenéis cuatro noches en París.

Oh.

Miré a Cameron, y estaba sonriendo, muy emocionado.

—¿París?

París.

Iba a ir a París. Con Cameron.

Se inclinó y me besó. Sus ojos eran brillantes, y era tan

jodidamente hermoso cuando estaba feliz.

Y ese nudo emocional ahogado apareció de nuevo en mi garganta. Joder. Me estaba convirtiendo en una chica.

Era todo corazones de amor y flores, y "te amos" y abrazos. Primero, Cameron me rompió el gay-dar, y luego me convirtió en un ñoño emocional.

Tal vez debería llevar a Cameron a casa y follarlo. Follarlo hasta que fuera un desastre arqueándose, gimiendo, suplicando y gritando. Entonces no me sentiría como una maldita niña.

O tal vez podría hacerme el amor, abrazarme y besarme, y sentir que sus ojos y su cuerpo me decían sin palabras lo mucho que me amaba.

—¿Luc?

—Oh, lo siento —me disculpé, respirando profundamente, sacudiendo la cabeza—. Me quedé en blanco.

—¿Has estado alguna vez en Francia? —preguntó el Sr. Fletcher.

Sacudí la cabeza y miré a Cameron.

—Siempre he querido ir.

Él sonrió y me apretó el muslo.

—Yo también.

Entonces la señora Fletcher preguntó:

—Siempre he querido preguntar, ¿en qué se inspiró el anuncio de Caisuaro? Ese calcetín era tan bonito.

Sonreí.

—Bueno, calcetines locos y fetiches de pies... Nunca hubo dudas. Siempre iba a ser una combinación perfecta.

Miré a Cameron, él sonrió y dijo:

—Nunca hubo dudas.

~Fin

"Verlos es como ver al agua y al aceite hacer lo imposible."

Mientras los tres socios de Lurex eran conducidos al interior, hablé a Rachel y a Simona.

—Chicas, vamos —dije sin poder ocultar mi emoción. Las conduje a mi despacho y abrí el armario que alberga los monitores que alimentan el circuito cerrado de televisión.

Cambié las cuatro pantallas a la sala de conferencias y nos quedamos mirando cómo Cameron y Lucas les daban la mano y presentaban su propuesta al equipo de tres.

Mi adrenalina se disparó. De esto se trataba. Esto era lo que echaba de menos. Estos días, mi tiempo lo pasaba en reuniones del consejo de administración, conferencias de prensa y reuniones financieras.

Pero mi corazón estaba en la publicidad. Era lo que me gustaba.

Era lo que se me daba bien.

Por eso Publicidad Fletcher era lo que era.

Las chicas que estaban a mi lado vibraban con entusiasmo. No veían a sus jefes hacer esto. La mayoría de los lanzamientos se vendían en las oficinas del destinatario, a puerta cerrada. Ellas hacían el trabajo preliminar y la investigación, pero nunca veían a los chicos hacer lo suyo.

Las dos chicas se quedaron paralizadas ante las pantallas, mirando, escuchando.

Cameron comenzó. Lo observé. Tenía un aire de seguridad en sí mismo, una tranquila confianza en su forma de hablar, en su forma de moverse. Tenía *aplomo*. Como si pudiera enfrentarse al mundo.

Me recordaba a mí.

Una versión veinticinco años más joven de mí.

La voz de Simona a mi lado se hizo eco de mis pensamientos.

—Dios, es bueno.

No pude evitar sonreír.

Y entonces Lucas habló. Era tan diferente a Cameron. Sus métodos, su enfoque, su experiencia eran tan diferentes. Sabía que emparejarlos sería arriesgado, pero si podían ver más allá de sus diferencias harían un buen equipo.

Cada uno, por derecho propio, tenía talento. De eso no había duda. Pero juntos... bueno, juntos serían imparables. Mientras que la confianza de Cameron era reservada, la de Lucas estaba a la vista del mundo.

Tenía una actitud chulesca, una certeza engreída en todo lo que hacía, pero era su encanto. Era difícil que no te cayera bien. Aunque a Cameron parecía no gustarle cuando Lucas había empezado a trabajar en Publicidad Fletcher, optó por ignorarlo en lugar de verlo como un activo para el equipo.

Recuerdo que una vez me enfrenté a Cameron poco después de que Lucas empezara. Le pedí que dejara de lado sus diferencias.

Cameron se burló.

—¿Diferencias?

Su reacción me había desconcertado en ese momento. Claro que tenían diferencias.

—Mira Cameron —le había dicho—. Ambos tenéis talento...

—No es eso, papá —había dicho en voz baja, luego sonó su móvil, cogió la llamada y no volvimos a retomar la conversación. Cameron siempre había sido callado. No infeliz, pero nunca... No sé... nunca en paz consigo mismo.

Cameron es un hombre inteligente y bien adaptado. Tiene amigos, tanto hombres como mujeres, pero nunca lo habíamos visto con alguien. Sabía que trabajaba duro, era el primero en saber cómo era eso. Se presionaba lo suficiente para tener éxito, así que Cynthia y yo nunca lo habíamos presionado en su vida personal.

Trabajaba para el negocio familiar. No necesitaba que yo añadiera presión a su vida fuera del trabajo también. Sean cuales fueran sus opciones, fueran cuales fuesen sus inclinaciones, nos lo diría cuando estuviera preparado.

Entonces hice que él y Lucas pasaran el fin de semana juntos. Cuando llamamos a Cameron ayer por la mañana para verlos, las cosas entre ellos todavía parecían tensas. Pensé que había cometido un error al emparejarlos, aunque cuando nos fuimos, Cynthia me aseguró que estarían bien. No parecía preocupada, de hecho, parecía bastante satisfecha. Así que lo dejé pasar.

Pero algo entre estos dos hombres había cambiado.

Porque esta misma mañana, justo antes de la reunión, entré en el despacho de Cameron y los encontré riéndose. Encontré a Cameron riendo. Parecía tan feliz que casi había olvidado lo que había ido a decirles a su despacho.

Que el equipo de Lurex había llegado. Era el momento de poner sobre la mesa sesenta y cinco horas de duro trabajo.

Y eso fue exactamente lo que hicieron. Y fue increíble. Verlos fue como ver al agua y al aceite hacer lo imposible.

Se mezclaron.

Trabajaron el uno con el otro, leyendo el lenguaje corporal, las señales invisibles, como si hubieran practicado un guion. El lanzamiento se desarrolló sin problemas, como si hubieran hecho esto juntos miles de veces.

Nos mostraron sus tableros de conceptos. Podíamos verlos con suficiente claridad desde el monitor, lo suficientemente claros como para ver lo que eran.

Seis tableros; tres pares, dos parejas, un mensaje.

Por un lado, me sorprendió que hubiesen optado por impulsar el mercado gay y, por otro, no me sorprendió en absoluto. Era arriesgado; era una venta difícil.

Era muy bueno.

Cameron se apresuró a señalar porcentajes y cifras, pero no fue lo que dijo lo que me intrigó. Era cómo lo decía. Estaba de espaldas a ellos, mirando por la ventana mientras hablaba.

—Cameron, ¿qué estás haciendo? —susurró Simona a mi lado—. Date la vuelta.

Sonreí.

—No necesita mirarlos. No les está vendiendo nada —expliqué—. Les está enseñando. Les está mostrando que tiene una fe absoluta en lo que dice.

Las dos chicas me miraron y luego volvieron a la pantalla.

—Dios mío —dijo Rachel en voz baja.

Simona añadió:

—Eso es brillante.

—Sí, lo es —coincidí. Luego modifiqué—: *Él* es brillante.

Y lo era. Era brillante. El orgullo me calentó por completo. Deseé que Cynthia estuviera aquí. Deseé que su madre pudiera verlo así.

Entonces Lucas preguntó si podía mostrarles algunas imágenes, explicando que no eran precisamente adecuadas para "oídos delicados". La mujer bien vestida sonrió y le dijo que estaba bien.

Rachel se cruzó de brazos.

—Es un encanto.

Simona soltó una risita.

—Ni siquiera sabe que lo hace.

Rachel resopló y sonrió.

—Oh, sí que sabe que lo hace —dijo. Luego miró más de cerca la pantalla—. ¿Es ese *Lucas* en ese vídeo? ¿En ese club nocturno, sin camiseta?

Los tres nos inclinamos. Sí. Ese era Lucas. Sin camiseta. Repartiendo condones a una multitud de hombres a medio vestir por lo que parece. Asentí.

—Sí —dije con una sonrisa—. Seguro que sí.

Vimos cómo rodaban las imágenes, Lucas haciendo preguntas directas de marketing. Era brillante. El concepto era directo y real, y su público, tanto el que estaba en la pantalla como el que estaba sentado frente a él, estaba cautivado. Muy a lo Lucas.

Entonces Cameron comenzó. Dio la vuelta a las dos pizarras conceptuales restantes mostrando a dos personas demacradas y enfermas. El cambio entre este enfoque y los anteriores era enorme.

Cameron pasó más imágenes de las mismas dos personas, contándonos cómo tan sólo un dólar les costaba más que su salud.

La audiencia de tres personas en el monitor, y las dos chicas a mi lado, se quedaron calladas. La prueba de que el enfoque funcionaría.

Fue un concepto impactante. Era silencioso, comedido, pero al mismo tiempo, era de alto impacto.

Muy a lo Cameron.

Entonces los chicos cerraron filas y discutieron opciones, herramientas y posibilidades en línea. Les dijeron que lo que estaban haciendo ahora no era lo suficientemente bueno y que la competencia les estaba alcanzando. Les dijeron con toda claridad que una empresa del siglo XXI no podía permitirse no moverse, cambiar, evolucionar.

Ni un segundo desperdiciado, ni un momento perdido. Fue hermoso verlo.

Y entonces el más bajo de los dos hombres de Lurex, el Sr. Vladimir, cuestionó ignorantemente por qué Lurex debía utilizar Publicidad Fletcher.

—Qué imbécil —murmuró Simona. Luego me miró a mí —. Lo siento.

Sonreí. El hombre pequeño y de aspecto gracioso era un imbécil.

—No pasa nada. Es un... un completo imbécil.

Las dos chicas soltaron una risita. Vimos cómo Cameron le decía al Sr. Vladimir que debía usar la publicidad de Fletcher para no tener que volver con sus accionistas y decirles que él era la razón por la que habían perdido dinero.

Maldita sea. Me reí, porque era algo que yo diría. Diablos, era algo que incluso había dicho.

Pero entonces el jefe, el Sr. Makenna pidió a sus colegas que se fueran.

—¿Qué está haciendo? —Rachel me miró.

Respondí en voz baja, con sinceridad.

—No lo sé.

Cuando los otros dos se hubieron marchado de la habitación, el hombre mayor preguntó:

—¿Siempre estáis tan seguros de vosotros mismos?

Tanto Cameron como Lucas respondieron al unísono.

—Sí. —Sonreí, Simona y Rachel resoplaron.

Entonces Makenna les dijo que estaba impresionado, pero que tenía dudas. Le gustaba la idea, le gustaba la dirección, pero no le convencía.

—... ¿Hasta *qué* punto estáis seguros de que este enfoque gay funcionará?

Lucas empezó a hablar, pero Cameron le cortó.

—Sé que funcionará, Sr. Makenna —dijo mientras sus ojos se dirigían a la cámara de seguridad, como si estuviera comprobando si le estábamos viendo. Se volvió hacia el hombre que tenía delante y dijo—: Sé que esto funcionará, porque soy gay.

Escuché a una de las chicas jadear... Simona, creo. Su mano agarró el brazo de Rachel por reflejo. Pero yo no podía apartar los ojos de la pantalla. Me acerqué a ella. Cameron miraba fijamente a la cámara.

Me miraba directamente a mí.

Soy gay, dijo.

Así de simple.

Durante un largo segundo, me miró fijamente.

Esto no era parte de la campaña. Esto no era una estratagema para vender un lanzamiento. Esto era real.

Había visto esa mirada en su cara antes. Pero no podía ubicarla. Esa mirada atormentada, vulnerable, esa mirada de "por favor, perdóname"... Era pequeño cuando vi esa mirada por última vez.

En la pantalla, se volvió hacia Makenna y terminó la reunión. Pero no podía prestar atención. Makenna estaba sonriendo y estrechando sus manos, y creo que era un contrato hecho. Creo que habían conseguido el contrato de Lurex.

Pero no era importante.

La cara de Cameron. *Por favor, perdóname...*

Era sólo un niño. Lo recuerdo. Estaba jugando en mi estudio, fingiendo ser yo en mi escritorio. Se balanceó en la silla giratoria y tiró el tintero de cristal al suelo, rompiéndolo. Era de mi padre.

Cuando llegué a casa, se enfrentó a mí, él solo, reclamando la responsabilidad.

Lo siento mucho, papá. Por favor, perdóname.

La mirada en su cara.

Lo siento mucho, papá. Por favor, perdóname.

Hice funcionar mis pies y caminé hacia las puertas dobles. Ni siquiera estaba seguro de si Makenna seguía ahí dentro. No me importaba si lo estaba.

Porque de repente un contrato de veinte millones de dólares no significaba nada.

Cameron y Lucas estaban solos y se volvieron para mirarme. Cameron me miró.

Parecía muy asustado. No, no, no, no...

Lucas le preguntó algo. ¿Quería que se quedara? Y la mirada de Cameron me rompió el corazón. Estaba asustado.

Tenía miedo de mí.

Pero de nuevo como si tuviera ocho años, le dijo a Lucas que no. Que se encargaría por su cuenta.

Y no era un hombre adulto. Era mi hijo. Era mi niño pequeño de nuevo. Hice que mis pies funcionaran de nuevo y me apresuré a acercarme a él -a ese niño asustado- y lo abracé.

Se quedó inmóvil un momento antes de devolverme el abrazo. Pasé los dedos por el vello de su cuello y lo abracé, y sus brazos me apretaron a su vez.

—Oh, Cameron —dije—. Por favor, no tengas miedo —le susurré mientras lo abrazaba. No respondió, así que le pregunté—: ¿Estás bien?

Asintió, y me aparté y lo miré, esperando encontrar lágrimas. Pero las únicas lágrimas eran las mías.

—¿Estás bien? —preguntó en voz baja.

—Mejor que bien —le dije limpiándome las mejillas—. Cameron, estoy muy orgulloso de ti. Lo que hiciste hace un momento, lo que le dijiste...

—Fue una imprudencia —ofreció suavemente.

—¿Qué? —pregunté—. Cameron, fue lo más valiente que he visto nunca. Se necesitan agallas.

Miró al suelo y lo detuve.

—No hagas nada de eso —le dije levantando su cara con mis dos manos—. Mantén la cabeza alta hijo. No te disculpes. No mires hacia abajo por nadie.

Sus ojos. Dios, sus ojos. Todavía estaba tan inseguro.

—Papá... ¿realmente está bien? ¿No te importa... que... que sea gay?

—Por supuesto que está bien —le dije—. Sólo quiero que seas feliz, Cameron. Tu madre y yo, sólo queremos que seas feliz.

Se frotó las sienes.

—Oh, Dios. Mamá...

—Puedo decírselo —le ofrecí.

Asintió.

—La llamaré —dijo. Dijo que necesitaba algo de tiempo, necesitaba dormir. Sabía que su madre tendría preguntas, cientos de ellas, y sólo quería algo de tiempo para adaptarse, para mentalizarse—. Estoy cansado papá —dijo. Y lo parecía —. Puedes decírselo; no espero que le mientas. Sólo dile que la llamaré cuando haya dormido más de ocho horas repartidas en tres días.

—Por supuesto —lo tranquilicé.

—¿Crees que le parecerá bien, papá? —Miró por la ventana y su voz era muy tranquila—. No quiero decepcionarla.

—Cameron, mírame. —Mi voz era suave pero seria. Esperé a que sus ojos se encontraran con los míos antes de decirle—: Tu madre sólo quiere que seas feliz. Mira —dije con una sonrisa—. Será presidenta de PFLAG antes de Navidad.

No pude evitar reírme y eso le hizo sonreír. Estaba callado, no retraído, pero sí más reflexivo, creo.

—Pareces agotado, hijo. Deberías irte a casa.

Exhaló varias veces, sus mejillas enrojecidas y luego asintió.

—Sí, estoy cansado. —Se puso de pie apoyándose en la mesa.

—Cameron —le dije—. Antes de que salgamos de esta habitación, tienes que saber, que pase lo que pase ahí fuera —señalé el mundo al otro lado de la puerta—. Te apoyaré. Si quieres contárselo a todo el mundo, te apoyaré. Decidas lo que decidas.

Se pasó la mano por el cabello.

—Gracias, papá. Pero, ¿podemos ir poco a poco?

—Claro —le dije—. Claro que podemos. —Me dirigí a la puerta.

—¿Papá? —Me llamó para detenerme. Me giré y me miró directamente a los ojos—. ¿Puedo preguntarte algo?

Mi mano cayó del picaporte y le presté toda mi atención.

—Por supuesto.

—Has visto todo el lanzamiento de Lurex, ¿verdad?

Asentí.

—Lucas es... —comenzó en voz baja—. Él es... él fue... —Sus palabras se desvanecieron, sin terminar.

—¿Él es qué Cameron?

—Sólo prométeme que, pase lo que pase... después de hoy... no lo enviarás de vuelta a Texas.

¿Texas?

—¿Por qué *diablos* iba a hacer eso?

—Por nada —sonrió—. Sé que te he hecho pasar un mal rato con lo de que trabajara aquí. Pero —respiró profundamente y exhaló con fuerza—. Pero es brillante, papá. No hay forma de que hubiera conseguido el contrato de Lurex por mi cuenta.

—Dudo que ninguno de los dos pudierais haberlo hecho por vuestra cuenta, Cameron. —No pude evitar reírme—. A no ser que seas Superman debajo de ese traje de Armani.

Cameron sonrió, una sonrisa genuina y cansada. Luego se rio y negó con la cabeza.

—Más de lo que crees papá.

—Vamos —le dije con una sonrisa y abrí la puerta—. Vamos a buscar a la otra mitad de tu dúo dinámico. Hasta los superhéroes necesitan dormir Cameron.

Salí por la puerta, dirigiéndome al despacho de Lucas, y oí la tranquila voz de Cameron detrás de mí.

—Claro que sí, papá.

SOBRE LA AUTORA

N.R. Walker es una autora australiana que adora su género,
el romance gay.
Le encanta escribir y pasa demasiado tiempo haciéndolo,
pero no lo haría de otra manera.
Es muchas cosas: madre, esposa, hermana y escritora. Tiene
chicos guapos, muy guapos que viven en su cabeza, que no
la dejan dormir por la noche si no les da vida con palabras.
Le gusta que hagan sucias, sucias cosas... pero le gusta aún
más que se enamoren.
Solía pensar que tener gente en su cabeza hablándole era
raro, hasta que un día se encontró con otros escritores que le
dijeron que era normal.
Desde entonces, se dedica a escribir...

Correo electrónico:

nrwalker@nrwalker.net

TAMBIÉN DE N.R. WALKER

Lecturas Gratuitas: Sesenta y Cinco Horas

Aprendiendo a Sentir
El reloj de su abuelo (Y la historia de Billy y Hale)

Títulos Traducidos

Fiducia Cieca (traducción al italiano de Fe Ciega)
Attraverso Questi Occhi (traducción al italiano de A Través
de esos Ojos)
Preso alla sprovvista (traducción al italiano de Lado Ciego)

Confiance Aveugle (traducción al francés de Fe Ciega)
A Travers Ces Yeux (traducción al francés de a Través de
esos Ojos)

www.ingramcontent.com/pod-product-compliance
Lightning Source LLC
Chambersburg PA
CBHW062001190726
48285CB00003BA/780